Fabian Hintzen ist einer der jüngsten Stand-up Comedians in Deutschland. Mit 15 Jahren stand er zum ersten Mal auf der Bühne. Er tritt regelmäßig in Comedy-TV-Formaten auf und war mehrfach im *Quatsch Comedy Club*, bei Stefan Raabs *TV Total* und *Nightwash* zu sehen.

Fabian Hintzen
mit Harald Braun

DER KLÜGERE KIPPT NACH

Ein Teenager erklärt die Welt

BASTEI LÜBBE
TASCHENBUCH

BASTEI LÜBBE TASCHENBUCH
Band 60346

1. Auflage: Januar 2012

Dieser Titel ist auch als E-Book erschienen

Bastei Lübbe Taschenbuch in der Bastei Lübbe GmbH & Co. KG

Originalausgabe

Textredaktion: Henrike Heiland
Titelbild: © FinePic, München
Umschlaggestaltung: Pauline Schimmelpenninck
Büro für Gestaltung, Berlin
Autorenfoto: © Imago/Revierfoto
Satz: hanseatenSatz-bremen, Bremen
Gesetzt aus der Avant Garde Book
Druck und Verarbeitung: CPI – Ebner & Spiegel, Ulm
Printed in Germany
ISBN 978-3-404-60346-6

Sie finden uns im Internet unter
www. luebbe.de
Bitte beachten Sie auch: www.lesejury.de

Der Preis dieses Bandes versteht sich einschließlich
der gesetzlichen Mehrwertsteuer.

Gestatten, ich bin der Fabian.

Sie haben ja schon davon gehört: Die Jugend von heute. Nur Blödsinn im Kopf, keine Werte, Komasaufen, Porno und Hose in den Socken. Es wird Zeit, dass endlich mal jemand kommt, der mit diesen ganzen Vorurteilen aufräumt. Tja, aber ich werd's nicht sein.

Ich weiß natürlich nicht, was Sie dazu veranlasst haben könnte, dieses Buch zu kaufen. Vielleicht vegetiert bei Ihnen zu Hause auch so ein Halbwüchsiger wie ich herum, und Sie brauchen einen Übersetzer, damit Sie verstehen, was in Ihrem Jugendlichen vorgeht?

Oder Ihr Impulskauf hängt damit zusammen, dass Sie schon mal von mir gehört oder mich sogar live gesehen haben. Ich möchte Ihnen in beiden Fällen zu Ihrer Entscheidung gratulieren. (Und ich hoffe, dass es genügend von Ihrer Sorte gibt, damit ich mir mit achtzehn einen krassen Porsche kaufen kann, falls ich jemals diese verdammte Führerscheinprüfung bestehen sollte.)

Aber erst mal zu mir: Ich bin siebzehn und ein Comedian. Das heißt, ich steige hin und wieder auf eine Bühne und spreche die Wahrheit in ein Mikrofon, um andere, in der Regel wesentlich ältere Menschen zu bespaßen. (Erwachsenenunterhaltung durch Minderjährige gibt's ja sonst nur in Thailand.) Das ist mein Job. In der wenigen freien Zeit, die mir daneben noch bleibt, quäle ich mich zum Abi. Natürlich nur unter Protest. Schule ist eine Einrichtung, die von Lehrern erfunden worden ist, damit sie sich keine *richtige* Arbeit suchen müssen. Aber ich nutze meine Zeit in der Schule natürlich auch, um Erfahrungen zu sammeln, die ich dann wiederum in meinem Programm verwende. Drogen, Schwänzen, Saufen, Klauen – das wären so meine Themen. Leider kann ich die im Detail noch nicht ganz so umfassend bedienen, weil sich meine Lehrer standhaft weigern, mir beim Schreiben dieses Buches mit Insiderwissen zu helfen. So sind sie halt, meine verbeamteten Pädagogen: unbelehrbar.

Aber ich will nicht klagen: Ich komme in ein paar Jahren wieder raus, wohingegen ein Lehrer lebenslang in seinem Zombie-Kerker leben muss. (Man nennt es auch Lehrerzimmer.) Da muss man nachsichtig sein. Außerdem befinde ich mich in allerbester Gesellschaft, was meine Erfahrungen mit dem deutschen Bildungswesen angeht. Wie sagte schon Bertolt Brecht einmal leicht resigniert: »Während meines neunjährigen Eingewecktseins an einem Augsburger Realgymnasium gelang es mir nicht, meine Lehrer wesentlich zu fördern.«

Mir geht es genauso. Ich versuche ihnen jetzt schon seit Jahren klarzumachen, dass ihr Geschwätz mich nicht die Bohne interessiert. Null! Und was ist ihre Reaktion? Sie tun wirklich alles dafür, dass sich meine Schullaufbahn noch um ein, zwei Jahre verlängert. Nicht versetzt … *What the fuck* … (Oder wie bei MTV im Untertitel stehen würde: »Was zum Kuckuck!«)

Finden Sie das logisch? Ich auch nicht. Aber ich habe keine Wahl. Ich bin diesem akademischen Leergut ausgeliefert. Wenn ich vermeiden will, dass ich von der Polizei zu Hause abgeholt und in den Unterricht begleitet werde, muss ich weiter an diesen Ort der Finsternis. Ich wehre mich dagegen mit subtilen Mitteln. Ich schlafe im Unterricht. Ich rauche auf dem Pausenhof. Und über meinem Platz an der Wand hängt ein Poster mit einem Zitat von Mark Twain: »Ich habe mir nie meine Erziehung durch Schulbildung verderben lassen.« Ich weiß, dass sich meine Lehrer insgeheim tierisch darüber aufregen. Aber sie können nichts machen. Mark Twain ist ja nicht irgend so ein hergelaufener Hip-Hopper aus Marzahn, der mit nur einem Zahn im Mund provozieren will, nein, nein, es ist der heilige Mark Twain. Huh! Wichtig, wichtig. Ich habe noch nie ein Buch von dem alten Socken gelesen, aber wenn er mir hilft, meine Lehrer auf die Palme zu bringen, dann ist er mein Mann.

Ich möchte Sie aber nicht schon auf den ersten Seiten meines Werkes langweilen. Natürlich werde ich nicht *ausschließlich* über die Schule und meine Lehrer sprechen. Es gibt noch so viel mehr, das mein Leben tagtäglich bereichert: Meine Erziehung beispielsweise und die Leute, denen ich dafür danken möchte: Als Erstes also dem Erfinder der Xbox 360, dann Steve Jobs, Günter Netzer und diesem Programmdirektor von ProSieben, der dafür verantwortlich ist, dass ich Lena Gercke kennenlernen durfte. Also beinahe, irgendwie. Immerhin habe ich alle Folgen von Germany's Next Topmodel der Staffel 2006 zu Hause und kann jeden Satz und jede Pose von Lena auswendig. Und der Umstand, dass ich an ihrem Geburtstag am 29. Februar in Marburg vor der Klinik immer ein paar Kerzen aufstelle, macht mich noch nicht zu einem Stalker! (Kommt ja eh nur einmal in vier Jahren vor.)

Falls Sie in dieser Aufzählung jetzt meine Eltern vermissen und denken: Och, der Junge ist sicher nur so aufgeregt wie bei der Oscarverleihung! Na ja – da muss ich Sie enttäuschen. Dass ich heute hier sitze und klaren Sinnes ein Buch schreiben kann, statt mit siebzehn noch zu bettnässen und dreimal in der Woche beim Therapeuten auf der Ledercouch darüber zu winseln, dass *Jacqueline misch doch nischt liept*, empfinde ich als reinen Glücksfall. Mit der Erziehungsarbeit meiner Eltern hat das nichts zu tun: Ich bin gar nicht sicher, ob mich meine Eltern *erzogen* haben, ich habe eher das Gefühl, ich wurde *gehalten*. Regelmäßige Fütterungen, ein Dach überm Kopf, kulturelle Grundversorgung mittels öffentlich-rechtlicher Kinderprogramme, das ja. Aber darüber hinaus? Die reine Ödnis: Es gibt Schimpansen, die intellektuell mehr gefördert wurden als ich. Meine Mutter wird zwar immer ganz sauer, wenn ich das behaupte, aber die Argumente habe ich auf meiner Seite. Mein erstes Spielzeug erhielt ich zum Beispiel erst mit fünf Jahren: Es war ein Plastikball, auf den meine Mutter ein Gesicht gemalt hatte. Sie behauptete, es sei eine Puppe *und* ein Ball, also quasi zwei Geschenke. Es ist nicht schön, wenn Weihnachten und der eigene Geburtstag so nah beieinander liegen.

Das Verhältnis zu meinem Vater ist leider auch nicht viel besser. Ich muss zugeben, dass er mich in den Ferien manchmal mit zu seiner Arbeitsstelle genommen hat. Das war aufregend. Für meinen Rücken war es allerdings nicht so gut, mit acht, neun Jahren schon volle Bierkästen auf einen Lkw zu stapeln. Wenigstens wurde ich so schon früh an den Umgang mit Bier gewöhnt. Ich habe inzwischen eine Technik entwickelt, mit der ich drei Kästen pro Seite auf einmal die Treppe rauftragen kann. Das ist besonders praktisch, wenn eine Klassenfete ansteht, da muss ich im Prinzip nur fünfmal laufen.

Klar, das sind schon so Sachen, bei denen ich sagen muss: Doch, mein Vater hätte auch ein Vorbild sein können. Aber dass er angefangen hat, mir kein Taschengeld zu geben, weil ich angeblich gar nicht sein Sohn sei, fand ich dann doch ein bisschen schwach. Dabei sieht jeder Blinde, dass ich seine schlechte Haut und die vielen Fussel im Bauchnabel geerbt habe! Erst als ich damit drohte, ihn zu ZWEI BEI KALLWASS zu schleifen und dort einen Vaterschaftstest in Auftrag zu geben, hat er mit dem Quatsch aufgehört. Seitdem kriege ich zehn Euro im Monat fix und für jeden Dreier und Zweier in der Schule noch einmal einen Fünfer extra. Das ist okay, Siebzehnjährige *können* mit zehn Euro auskommen, wenn sie müssen. Und solange ich noch nicht achtzehn bin, sind so ein bisschen Mundraub und Diebstahl in Deutschland völlig harmlos – wenn man Glück hat, trifft man beim Sozialdienst auf ein paar astreine Typen, die man ab sofort für den Marihuana-Nachschub anzapfen kann. Außerdem steht man ja dann auch irgendwie mit Winona Ryder und Lindsay Lohan auf einer Stufe, vielleicht gibt's für uns sogar eine eigene Facebook-Gruppe. Oder einen gemeinsamen Twitter-Account: »Shoplifting International« oder so.

Falls Sie sich jetzt fragen, was das denn sein soll, dann muss ich Ihnen gleich noch einmal dazu gratulieren, dass Sie dieses Buch erworben haben: Sie sind vermutlich über vierzig und haben keine Ahnung, was Facebook, Twitter oder schülerVZ überhaupt ist. Und über den Unterschied von blocken und bloggen müssen Sie auch erst mal nachdenken, stimmt's? Okay, bleiben Sie ganz ruhig und lesen Sie los. Ich kann Ihnen helfen. Sie werden froh sein, mich getroffen zu haben. Ich erklär Ihnen jetzt nämlich alles über den Nachwuchs im fortpflanzungsfähigen Alter (also ab der 5. Klasse), was Sie wissen müssen. Mit einfachen Beispielen aus meinem Leben und hilfreichen, teils bebilderten Worterklärungen. In alphabetischer Reihenfolge. Soll mal keiner behaupten, ich würde es Ihnen nicht leicht machen.

Alles wird gut, solange du wild bist. Ach nee. Falsches Buch.

24/7

Internet ist kein Teufelswerk. Aber machen Sie das mal einem dieser Menschen mit üppigen Nasenhaaren klar, die einen Chat für einen französischen Frischkäse halten.

Fabian, kann ich mal eben meine Reisebestätigung checken?«, fragt Tim. Ich gebe ihm mein iPhone. »Fabian, kann ich kurz bei schülerVZ meine zukünftige Freundin *gruscheln?*«, fragt Ricky. Ich gebe ihm mein iPhone. »Fabian, ich muss bei Farmville noch ein paar Erdbeeren ernten!«, hält mich Matthias über seine aktuelle Problematik auf dem Laufenden. Klar, auch diesmal: Mein iPhone wandert kurz in fremde Hände, denn ich bin schließlich gerade auf dem iPad bei Facebook online, um mich bei WikiLeaks um ein Praktikum bei Julian Assange zu bewerben. Ein ganz normaler, früher Abend im Leben junger Menschen. Wir sitzen im Kreis und nehmen Anteil am Weltgeschehen - was kann daran falsch sein?

Da sollten Sie allerdings mal meine Mutter hören. (Oder ersatzweise jeden unserer Lehrer, der sein Examen noch vor der Reichserziehungskammer abgelegt hat.)

»Könnt ihr nicht mal an die frische Luft gehen, statt den ganzen Tag vor diesen Dingern herumzuhängen?« Diese Dinger – damit meinen die Herrschaften unsere Laptops, Smartphones oder iPads –, Gerätschaften also, die komplexer sind als alles, was sie sich nur vorstellen können, und ohne die unser Leben so kümmerlich und langweilig wäre wie ihr eigenes. (Sie selbst halten sich im Schlafzimmer einen Funkwecker, um das Gefühl zu haben, bei der technischen Revolution nicht den Anschluss zu verpassen.) Vermutlich hassen sie auch deshalb alles, was mit dem Internet und seinen scheinbar unergründlichen Untiefen zu tun hat. Es ist eine hässliche Kombination aus Unverständnis und Eifersucht, die ihnen den Schaum vor den Mund treten lässt. Versteckt allerdings hinter dem pädagogischen Auftrag:

»Ihr müsst doch auch mal an die frische Luft!«

Um was zu tun? Sollen wir Frösche fangen im Dorftümpel oder Wanderlieder in kurzen Hosen singen? Hey Leute, ihr seht doch selbst, wohin euch das geführt hat!

Nein, nein: Ich bin vierundzwanzig Stunden am Tag, sieben Tage die Woche, dreihundertfünfundsechzig Tage im Jahr online – und das ist auch gut so! Nur auf diese Weise behalte ich den Überblick über mein Leben, was beileibe kein einfacher Job ist. Ein Blick auf mein weißes iPhone verrät mir in Echtzeit, wer gerade hundert nahezu identische, sinnbefreite Bilder von sich ins Netz gestellt hat, wer seinen schülerVZ-Beziehungsstatus von ›vergeben‹ auf ›offen für alles‹ gesetzt hat und wer der Ansicht war, seine lästigen Verdauungsprobleme auf Facebook kommentieren zu müssen. (Das war übrigens Kilian, dessen Handy glücklicherweise keine integrierte Kamera hat.) Ohne dieses permanente Update meines persönlichen Kommunikationskosmos wäre ich innerhalb von ein paar Tagen ein isolierter Ahnungsloser im Kreise meiner ehemaligen Freunde, ein bedauernswertes Opfer ohne Zugriff auf die Welt. Wer kann das ernsthaft wollen?

Blöde Frage. *Die* natürlich. *Erwachsene*. Menschen, die sich vor lauter Langeweile auf RTL2 Sendungen über Penisverletzungen bei der Masturbation mit Staubsaugern anschauen oder freitagabends im Wohnzimmer stolze hunderttausend Felder Sudoku entschlüsseln. Er kritzelt, sie häkelt, und wenn es ganz besonders wild kommt, dann schauen sie beide dabei zu, wie sich der Hund an den Eiern leckt. Wie armselig ist *das* denn? Und über das Internet, dieses Teufelszeug, wird gemeckert, statt sich wenigstens mal mit ein paar seiner Möglichkeiten auseinanderzusetzen.

Meine Mutter zum Beispiel geht nur dann ins Internet, wenn sie ihre E-Mails checkt. (*Immerhin!*, mögen Sie jetzt denken, aber die Wahrheit ist: In der Zeit, die es gedauert hat, einen Account für sie einzurichten, den sie eigenständig abrufen kann, hätte sie ihre Mitteilung auch handschriftlich verfassen und zu Fuß zum Otto-Kundenservice schleppen können.)

Sie hat keine Ahnung vom World Wide Web, auch wenn sie sich jetzt hin und wieder darin verfängt. Sie weiß zwar theoretisch, wie man online geht, aber nicht, was sie mit dieser prima Sache anfangen könnte. (Das müssen Sie sich vorstellen, als ob man einem Schimpansen eine Modelleisenbahn zum Geburtstag schenkt – putzig, aber hoffnungslos.) Im Gegensatz zu einem Schimpansen glaubt meine Mutter allerdings fest daran, dass sie im Grunde alles peilt, was um sie herum vorgeht.

»Was machst du da?«, fragt sie, während ich via Twitter die Welt darüber in Kenntnis setze, was ich persönlich zum Beispiel von Peter Maffay halte.

»Tschüss!«, versuche ich ein Gespräch aktiv zu verhindern und bin stolz darauf, dass die Welt nun weiß, dass ich manchen Gesangsartisten gerne die Stimmbänder rausreißen würde.

Ich öffne ein neues Fenster und beginne mit dem Schreiben einer E-Mail. Diskretion ist für meine Mutter ein Fremdwort.

»Da ist ein Schreibfehler.«

»Mama, das ist eine E-Mail. Schreibfehler sind *egal.*«

Meine Mutter ist der Meinung, dass man beim Verfassen selbst kürzester Mails auf Rechtschreibung, Zeichensetzung, Ausdrucksweise und die Vermeidung justiziabler Beleidigungen achten sollte. Ich sehe das anders. Die Shift-Taste ist was für Verlierer – sollen *die* doch »höflich« bleiben und ihre Rechtschreibfehler ausbessern.

»Ich schreibe hier doch keine Doktorarbeit«, argumentiere ich streng logisch und hoffe, dass meine Mutter mich nach dieser Auskunft in Ruhe lässt. Hätte ich aber gleich besser wissen können. Hey, das ist schließlich meine *Mutter!*

»Es macht doch einen schlechten Eindruck, wenn in deiner elektronischen Post so viele Rechtschreibfehler sind. Was soll man denn von dir denken, Fabian?«

Sie zieht ihre Schultern hoch und setzt ihr klassisches Ich-will-doch-nur-dein-Bestes-Lächeln auf. Ich ächze gequält wie Opas altes Sofa.

»Man soll von mir denken, dass es dem Fabian lieber ist, schnell auf den Punkt zu kommen und keine Zeit auf die beknackten Regeln von Schönschreibfaschisten zu verwenden! Und jetzt raus aus meinem Zimmer.«

Keine Reaktion. Die Erziehungsberechtigten, die ich kenne, haben einfach keinen Stolz.

»Ich gehe erst, wenn du dich bemühst, deine E-Mails richtig zu schreiben. Tu doch wenigstens mal so, als seist du ein richtiger Gymnasiast.«

»Mama, es interessiert keine Sau, ob es *Gadrobe* heißt oder *Garderobe* – Fakt ist, dass ich mal wieder was zum Anziehen brauche! Konzentrier dich einfach auf die Kerninformation!«

Doch meine Mutter bleibt hartnäckig. Wie immer. Meine Mutter kann hartnäckiger sein als Krebs. Ihr zweiter Vorname lautet vermutlich »hartnäckig«, ich muss das mal im Ausweis checken. Manchmal wache ich nachts auf und denke: Ach, was ist meine Mutter doch *hartnäckig*.

»Du änderst das jetzt!«
»Nein.«
»Doch.«
»Nein.«
»Doch.«
»Nein.«
»Doch.«
»Neeeiiieeeen!«
»Dooohoooch!«

Ich unterbreche diese spannende Szene für eine kurze, resignierte Einlassung, die mit dem Thema Internet nur am Rande zu tun hat: Warum müssen Mütter sich immer in alles einmischen? Warum verstehen sie nicht, dass sie sich aus den Angelegenheiten ihrer Kinder auch mal raushalten müssen, wenn sie keine Ahnung haben? Und dann wundern sie sich, wenn es hin und wieder zu Fällen häuslicher Gewalt kommt. Ist doch wahr. Nur weil sie einen in die Welt gesetzt haben und in ihrem Haus leben lassen, heißt das noch lange nicht, dass sie uns davon abhalten dürfen, eine E-Mail mit all unseren Rechtschreib-, Zeichensetzungs- und Ausdrucksfehlern abzuschicken.

»Mensch Mama«, brülle ich sie schließlich an, verzweifelt über so viel Ignoranz vor den Menschenrechten der eigenen Brut, »jetzt *chill* doch mal ein bisschen. Ich schreibe doch hier keinen Artikel für die Tageszeitung oder die Einkaufsliste für deinen Apotheker – das ist doch bloß eine verdammte Bewerbung!«

Der Gesichtsausdruck meiner Mutter war es wert. Der Schreck saß ihr noch tagelang in den Knochen. Dabei will ich bei WikiLeaks doch nur ein paar schwedische Mädchen kennenlernen.

Amoklauf

Es wird immer ein paar arme Schweine geben, die mit ihrem Leben nicht klarkommen. Aber das heißt nicht, dass wir allesamt potenzielle Amokläufer sind.

Es ist ein Reflex der Hilflosigkeit. Immer, wenn mal wieder ein Wahnsinniger mit einem Schrotgewehr losgezogen ist, um ein paar Lehrer, Mitschüler und am Ende sich selbst um die Ecke zu bringen, schreien anschließend ein paar grau melierte Herren auf und zeigen mit dem Finger auf - das Internet. Die Waffengesetze. Die Kinderbetreuung. Und natürlich auf uns, die Jugend, diesen perspektivlosen Haufen aus Rütli-Schülern und Teenie-Pornographen. Wir sind die Generation Komasaufen, die nicht viel mehr drauf hat, als sich im Kinderzimmer vor der Welt abzuschotten, bis der Kopf irgendwann platzt. Die erste Amtshandlung der grauen Männer ist es dann natürlich, all die feinen Ballerspiele zu verdammen, mit denen wir unsere tief sitzenden Aggressionen gegen Erdkundelehrer und Schulhof-Spacken abbauen.

Ein kurzer Einschub an dieser Stelle: Es gibt Statistiken, die aussagen, dass 80% aller Amokläufer weltweit zuvor Ballerspiele gespielt haben. Darauf basieren die meisten Argumente für das Verbot der besagten Spiele. Der Ansatz ist ja gar nicht schlecht.

Aber: Schätzungen meinerseits besagen, dass 100% aller Amokläufer vorher zur Schule gingen. Ziehen Sie Ihre Schlüsse!

Ich bleibe dabei: Ballerspiele zu verbieten ist der völlig falsche Ansatz. Ich brauch doch gar nicht mehr mit der Pumpgun durch Mönchengladbach zu ziehen, wenn ich vorher den ganzen Tag eine Runde *Counterstrike* gespielt habe. Oder *Call of Duty*. Oder *Soldier of Fortune 1*. Oder *Soldier of Fortune 2*. Oder ... aber lassen wir das. Das Prinzip dürfte einleuchten. Wenn ich meine kaum nennenswerten Aggressiönchen mit der Schlachtung virtueller Söldner abgebaut habe (und damit gleichzeitig etwas für mein koordinatives Vermögen tue), gehe ich doch anschließend mild wie ein Wadenwickel auf die Straße, weit entfernt von irgendwelchen bösen Gedanken. Ich will dann keinem die Augen ausstechen oder den Hals aufschlitzen, auch wenn ich das vorher im Spiel gemacht habe. Ich kann Spiel und Wirklichkeit ganz wunderbar voneinander trennen, außerdem bin ich doch jetzt viel zu abgekämpft und friedfertig: In diesem Zustand bremse ich sogar als Radfahrer für Katzen, die über die Straße laufen.

Denken Sie doch mal drüber nach: Der Umstand, dass es vor hundertfünfzig Jahren noch keine Ballerspiele gab, hat Jack the Ripper auch nicht davon abgehalten, gleich einen ganzen Haufen junger Frauen um die Ecke zu bringen. Oder nehmen wir Jeffrey Dahmer, der zwischen 1978 und 1991 in den USA siebzehn Männer tötete, verstümmelte und aufaß. Kein einziges Videospiel hatte dieser kranke Typ in seinem Leben gespielt.

Herrschaften, auch wenn Ihnen das nicht gefällt: Da draußen wird es immer ein paar Wahnsinnige geben, die halb Lüdenscheid, Günther Jauch oder dem gemeinen Hauskaninchen den Garaus machen wollen. Einfach so, weil sie kranke Köpfe sind, was weiß denn ich. Aber das ist weder eine Generationenfrage, noch zu verhindern. Das Leben ist kein Kindergeburtstag, die meisten kommen damit klar, ein paar eben nicht. Verhindern werden Sie das nie. Nicht durch Verbote von Videospielen, nicht durch Aufklärung in der Volkshochschule, nicht durch das vorauseilende Misstrauen, das Sie uns kollektiv entgegenschleudern. So. Und jetzt gehe ich mal wieder in den Park, ein paar Tauben schießen.

Hey, war ein Spahaß!

Kleines Glossar:

Arschgeweih

In unserer Generation auch als Schlampenstempel bekannt. Bezeichnet ein Steißtattoo, das sich Töchter von Hartz-IV-Empfängern an einem verdösten Dienstagnachmittag stechen ließen. Wird von den Frauen, die später doch noch den Hauptschulabschluss nachmachen, stets bereut.

Ampelkrise, die

Ich habe Respekt vor dem Alter. Das erkennt man schon daran, dass ich an einer Fußgängerampel noch niemals einen Rentner beschimpft habe. Verdient hätten sie es allemal.

Die Jugend, die Jugend, die Jugend. Immer wieder ist es die Jugend, die so einen durchschnittlichen Mitbürger im wahlfähigen Alter auf die Palme bringt. Die Anlässe sind so banal wie vielfältig. »Wie siehst du schon wieder aus«, lautet der Evergreen der alltäglichen Morgenbegrüßung beispielsweise, gefolgt von einem »Kämm dich wenigstens mal«, oder: »*Diese* Hose kannst du aber wirklich nicht mehr anziehen, Fabian!« Und das ist nur der Sermon, den meine Eltern mir zumuten. Halbwegs vernunftbegabte Leute im Grunde, die mir aber offensichtlich jedes Urteilsvermögen absprechen. Ich bin schließlich nicht mit einem großen Knall vom Bett in unsere Küche gebeamt worden, sondern habe mich im Rahmen meiner Möglichkeiten für einen Auftritt in der Öffentlichkeit präpariert. Jetzt sehe ich dann eben aus wie Fabian Hintzen, siebzehn, stilsicher und selbstbewusst. Ich *habe* mich gekämmt, das Ergebnis entspricht ganz und gar meiner Vorstellung einer gelungenen Frisuridee. Und *diese* Hose kann ich sehr wohl anziehen, was sich allein daran ablesen lässt, dass ich sie bereits trage. *Hallo?* Leute – wo ist euer Problem? Traut ihr mir nicht zu, die einfachsten Dinge zu regeln? Ihr verlangt im Ernst, dass ich die interessanten Zusammenhänge zwischen diagonaldominanten und positiv definierten Matrizen im Griff habe – aber schon bei der Auswahl meiner Styles haltet ihr ein wenig Hilfestellung für unerlässlich?

Ein kleiner Ausschnitt nur aus meinem Leben, der jedoch ein amtliches Problem offenbart: Erwachsene trauen uns einfach nichts zu. Mit kleinsten Gesten zeigen sie uns, dass sie keinen Schimmer Hoffnung in die banalsten Fähigkeiten eines Jugendlichen setzen. Und da wundern die sich, dass wir die Briefkästen der Stadtbücherei in die Luft sprengen, die Server der Deutschen Bank hacken oder rachemotiviert gegen den Golf meines Geschichtslehrers pissen, nur um mal ein Erfolgserlebnis zu haben. Woher sonst soll unser Selbstwertgefühl kommen?

Besonders schlimm in dieser Hinsicht sind unsere lieben Rentner. Ich weiß noch nicht so genau, warum sie in der Regel so griesgrämig und übellaunig sind, wenn sie mir begegnen, dazu bin ich wohl noch zu jung. Eins aber verstehe ich: Der gemeine Rentner bezweifelt sogar, dass ich einen Haufen Hundekacke auf einem Stock aufspießen könnte. (So nebenbei – wozu sollte das auch gut sein?)

Egal. Was die ältere Generation wirklich von uns hält, erlebe ich beinahe täglich auf meinem Weg zur Schule. Ich stehe da also ganz harmlos an einer großen Kreuzung, um unsere Hauptverkehrsstraße zu überqueren (oder das, was man in Mönchengladbach dafür hält). Da ich im Verkehrsunterricht brav aufgepasst habe, verhalte ich mich vorbildlich. Das heißt, dass ich nicht bei Rot über die Straße renne oder mit ausgebreiteten Armen die heranrollenden Autos stoppe. Stattdessen drücke ich auf den großen, gelben Schalter, um das Projekt ein wenig zu beschleunigen. Neben mir steht eine ältere Dame mit Stock, unmodischer Brille und weißen Schuhen, bei denen lediglich der dicke Zeh zum Vorschein kommt. (Was übrigens ziemlich daneben aussieht, wenn Sie mich fragen. So, als ob eine kleine Wurst aus dem Schuh gepresst werden soll.) Sie hat genau beobachtet, wie ich den gelben Button betätigt habe. Doch was macht sie? Genau – Omma rückt eins vor und drückt erneut auf *denselben* Schalter. Hallo? Was kann ich denn dafür, dass die Mönchengladbacher Stadtwerke nicht gleich den Verkehr lahmlegen, nur weil ich angezeigt habe, dass ich die Straße überqueren möchte. Völlig korrekt übrigens. Kann man so einen Button überhaupt *falsch* bedienen? Wohl kaum. Omma Wurstfuß aber ist fest davon überzeugt, dass genau das passiert sein muss. Dabei habe ich extra *sehr langsam* draufgedrückt, sodass alle Umstehenden im Umkreis von fünfundzwanzig Metern sehr genau gesehen haben müssen, dass Fabian Hintzen, siebzehn, stilsicher und selbstbewusst, gerade den Ampelschalter betätigt hat. Doch die Alte muss trotzdem nachlegen. Fehlt bloß, dass die runzelige Schnepfe mich auch noch triumphierend anschaut, wenn das grüne Männchen dann endlich aufleuchtet. Ich habe mal gelesen, dass im Durchschnitt jeder Mensch zwei Moleküle des letzten Atems von Gandhi enthält. Das muss stimmen. Wie sonst ist es zu erklären, dass ich so eine Aktion nicht einfach mit einem saftigen »Bist du eigentlich bekloppt, Alte?« kommentiere und Ommas Kreislauf in die Knie zwinge. Dabei wäre das eine durchaus angemessene Reaktion. Doch ich bleibe äußerlich ganz ruhig. Und das, obwohl sie mich als minderbemittelten Tunichtgut geoutet hat, indem sie den Schalter zur Sicherheit noch einmal *nach mir* betätigt hat. Das macht die doch absichtlich. Sie will mir zeigen, dass sie mich dumm findet. Das weiß ich ganz genau! Sie denkt, ich habe nicht richtig auf den Schalter gedrückt, weil ich ein unfähiger, kleiner Scheißer bin. Warum sollte sie den Schalter sonst zum *zweiten* Mal betätigen? Oder wartet die verrückte Alte vielleicht auch noch auf einen weiteren Passanten, der sich erbarmt, weil sie denkt, dass aller guten Dinge *drei* sind? Das würde zumindest ihr gelbes Armband mit den drei schwarzen Punkten erklären. Manchmal wüsste ich wirklich gern, was in deren Köpfen vorgeht.

Ashley

Ich kann nicht viel über Beziehungen sagen, da ich erst eine ernst zu nehmende hatte. Die war aber sehr aufschlussreich. Wer behauptet, dass Jugendlieben kindischer Humbug seien, nun – dem muss ich leider, leider zustimmen.

Nur fürs Protokoll: Natürlich ist der Name Ashley lediglich ein fiktiver und mitnichten der richtige Name meiner Exfreundin. Er gefällt mir ganz gut, und vor allem ermöglicht er mir, dass ich die Intimsphäre meiner Ex respektiere. Ich hoffe, dass Alina das zu schätzen weiß.

Ashley also ist eins siebzig groß, hat riesige hellblaue Puppenaugen, blonde leicht gelockte Haare, einen tollen Körper, ist witzig, süß und temperamentvoll, fünfzehn Jahre alt und – was man mit fünfzehn eben so ist: schwanger. Aber nicht von mir. (Soviel ich weiß.) Ihr derzeitiger Freund Viktor hat ihr angeblich dieses kleine Geschenk vor fünf Monaten gemacht. Vor fünf Monaten haben Ashley und ich uns getrennt. Rein rechnerisch ist das jetzt etwas kompliziert, das gebe ich zu. Entweder läuft da draußen bald mein Ebenbild herum, was ich nicht hoffe, denn ich habe mich schlaugemacht: Alimente muss man auch rückwirkend bezahlen. Oder Ashley hat hinter meinem Rücken Sex mit Leuten gehabt, die nicht Fabian Hintzen heißen. Schätzungsweise mit Viktor, das hoffe ich jedenfalls für die beiden. Andernfalls würde die Geschichte noch ein wenig komplizierter fürs Jugendamt, denn im Prinzip käme dann so ziemlich jeder zwischen dreizehn und achtzehn aus unserer Stadt als Täter infrage. Ashley ist nämlich nicht nur IN der Pubertät, sondern teilt auch eine Eigenschaft mit eben jener: Jeder Junge kommt mal rein.

Fakt ist auch, dass Ashley der Traum vieler Jungs ist. Erst wenn man sie ein wenig näher kennenlernt, wünscht man sich manchmal, dieser Traum würde nicht so verdammt lang dauern. Let's face it: Ashley hat ganz schöne Macken, die einem das Leben zur Hölle machen können. In unserem Fall beispielsweise hat das schon damit begonnen, dass Ashley meine romantische Seite nie akzeptieren konnte.

Ey! Hallo? Einmal zum Mitschreiben: Ich (!) bin der romantischste Typ, wo gibt auf diesem Planeten! Ich habe ihr sogar einmal Blumen mitgebracht! Ich bin zu diesem Floristenkasper in seinem Blümchenladen spaziert und habe mein sauer verdientes Comedygeld auf die Theke geklatscht, um ein bisschen Kraut *to go* zu ordern. Zu Hause habe ich den schönsten Blumenpott meiner Mutter abgegriffen, um das Zeug darin artgerecht zu lagern. Bei Sonnenuntergang dann Bescherung für meine Perle mit einem Gläschen Alkopop: Ta-Taaa!

Und was macht sie? Was macht meine romantische Ashley nach der feierlichen Übergabe meiner absolut verehrungswürdigen Liebesbotschaft? Schaut mich kackendreist an und sagt emotionslos wie ein Klumpen Lehm:

»Was soll ich denn mit Efeu?«

Finden *Sie* das okay? Immerhin habe ich mir Mühe gegeben, sie zu überraschen. Klar, ich hätte mir auch außer der Reihe die Zähne putzen können oder sie zur Begrüßung nicht in ihren Hintern kneifen sollen, das wäre auch mal nett gewesen. Aber ich habe mich eben für die internationale Sprache der Liebe entschieden: Gewächse. Und es war auch nicht einfach, an norddeutschen Zimmerefeu zu gelangen. Selbst in einer Welt der Efeuhasser: Zählt die Geste denn gar nichts mehr? Ich denke eine Weile nach, um jetzt nichts Falsches zu sagen.

»Der braucht achtzehn bis zwanzig Grad Zimmertemperatur.«

»Du begreifst echt gar nichts, oder?« Meine Süße seufzt.

»Jetzt schenk ich dir mal Blumen, und es ist trotzdem nicht in Ordnung.«

»Efeu!«

»Das ist kein normaler Efeu. Das ist norddeutscher Zimmerefeu im handgetöpferten Tonkrug, mit Liebe geschenkt.«

»Es bleibt Efeu!«

»Zimmerefeu im Tonkrug mit *Liebe!*«

»Fabian. *Efeu!*«

Ashley guckt mich fünf nicht enden wollende Sekunden an. Was heißt ansehen: Sie starrt mir tief in die Augen. Ein Blick voller Zärtlichkeit und Liebe. Als ob sie mir sagen wollte: *»Ist doch alles nicht so schlimm. Ich liebe dich auch, und es war ja nett gemeint. Komm, wir gehen hoch in mein Zimmer und versöhnen uns.«* Doch auch dieser schöne Moment der Zuversicht endet mit einem einzigen Wort und einem fassungslosen Kopfschütteln: »Efeu ...«

Und der Streit ist da.

Was jetzt folgt, passiert lange liierten, verlobten oder sogar verheirateten Paaren eher selten. Klar, auch die streiten, manchmal sogar aus nichtigen Anlässen wie einem unglücklichen Präsent oder einem lustigen Abend in der Stripbar. Möglicherweise schlafen diese Leute dann einen Monat in getrennten Schlafzimmern oder spucken sich beim stillen Abendmahl in die Suppe. Aber diese Leute bleiben trotzdem ganz vernünftig und trennen sich nicht gleich. Ashley und ich aber machen Schluss. Zwei Tage später freut sich Julia tierisch über einen norddeutschen Zimmerefeu im handgetöpferten Tonkrug. Soviel ich weiß, freute sich Ashley über einen nächtlichen Hausbesuch von Viktor, aber: Siehe oben, eine genauere Faktenlage kann ich Ihnen zu diesem Thema leider auch nicht anbieten. Außer: Dieser hässliche Efeukübel ist inzwischen längst verschwunden (vermutlich Brandstiftung!), wenn ich Julias letzte Hassmails richtig gedeutet habe. Von Viktors Präsent aber hat

Ashley auf jeden Fall noch länger was. Ich vermute, für meine Ex ist das aber erst einmal keine besonders erfreuliche Nachricht. (So für die nächsten achtzehn bis fünfundzwanzig Jahre.)

Ausziehen I

Wer mit zweiundzwanzig noch bei seiner Mutti wohnt, ist entweder ein Versager oder der Sohn der Hausmeisterin. Für mich kommen beide Möglichkeiten nicht in Frage.

Jeden Tag nackt rumlaufen. Weiber einladen, denen natürlich auch niemand verbietet, sich von ihren Klamotten zu befreien. Aufs Staubwischen scheißen und gelegentlich maximal über den Flatscreen feudeln. Durch die Behausung brüllen, wie es einem passt. Nach dem Kacken nicht mehr spülen müssen. Schon toll, dass ich mir *das* alles nicht mehr mit angucken muss, wenn ich erst eine eigene Wohnung habe.

Nein, mal ganz ernsthaft. Wovon träumen Menschen in meinem Alter? Von einer Villa in Malibu? Von freiem Sex mit Megan Fox oder Heidi Klum? Von den Monatseinkünften Ronaldos? Okay, auch. Aber mein größter Traum momentan wäre eine eigene Wohnung. Wie schön muss das Gefühl sein, morgens ganz sachte aufzuwachen, weil man ausgeschlafen ist. Und nicht, weil Mutti wieder den Vorwerk-Staubsauger auf Lautstärke Düsenjäger eingestellt hat und für einen besseren Gesamteindruck auch gleich noch gegen meinen Bettpfosten donnert. Ich könnte jeden verdammten Tag, den der Herr uns schenkt, eine Party veranstalten. Ach was, Party. Eine *Orgie* dürfte es sein, ausschweifende Sexspiele inbegriffen und natürlich jede Menge Feuerwasser. Kein Erwachsener sähe mein Apartment jemals von innen. Und da wollen die Katholen einem weismachen, auf das Paradies hätte man gefälligst bis nach seinem Tod zu warten.

Aus diesem Grund spare ich bereits auf meine eigene Wohnung. Zweihundert Euro im Monat, das müsste reichen. Zwei Quadratmeter sind völlig in Ordnung. Hauptsache, es wären meine eigenen zwei. Ein paar meiner Freunde sind schon volljährig und bei ihren Eltern ausgezogen. Ich halte mich gern bei ihnen auf. Da kann ich zum Beispiel ganz sicher sein, dass nicht plötzlich eine mittelalte Dame mit eingefrorenem Grinsen in den Raum stürmt, eklige Schinkenwurstschnittchen anbietet und zum Wohle aller gleich mal das Fenster aufreißt, um den Gestank loszuwerden. (Glücklicherweise wissen nur die wenigsten Mütter, wie Gras riecht.)

Ausziehen II

Leider ist der Entschluss, das Elternhaus zu verlassen und in die weite Welt hinauszuziehen, nicht gleichbedeutend mit einem sorgenfreien, lustigen Leben. Manchmal laufen die Dinge in freier Wildbahn einfach falsch.

Ich pflege samstags neuerdings bei Ricky und Billy vorbeizuschauen. Sie sind Zwillinge mit drei Minuten Altersabstand. Am Wochenende machen die beiden ordentlich Party, wie es sich für volljährige Gymnasiasten gehört, die keinen besonderen Grund zum Feiern brauchen. Die Musik wird aufgedreht, der Alkohol fließt in Strömen. Scheiß auf die Nachbarn, Hauptsache, wir sind fröhlich (und taub). Ricky und Billy zu Ehren haben wir nicht nur ein paar rattige Weiber eingeladen, nein, wir haben auch eine endgeile Überraschung geplant. Und, *yo man*, da klingelt es auch schon an der Tür. »Ich geh schon!«, rufe ich so breit wie eine Natter in die Menge, diesen ersten Eindruck möchte ich nicht verpassen.

Da steht sie, die geile Bulette.

»Guten Tag«, spricht sie, »die Nachbarn haben sich beschwert. Die Musik ist viel zu laut!«

Na, hier bleibt aber mal jemand in seiner Rolle. Und wie scharf diese Blondine in ihrer grünen Uniform aussieht ... Natürlich winke ich das sexy Paketchen gleich in die gute Stube.

»Setz dich doch schon mal auf den Stuhl hier!«, schlage ich vor und bugsiere die uniformierte Braut mit dem Hintern aufs Polster.

»Ich trommle nur schon mal die Leute zusammen, dann kann die Show losgehen!« Meine tanzende Politesse schaut jetzt etwas sparsam, was hat sie denn? Kohle gibt's nach der Darbietung, erst soll sie mit ihren Glocken läuten, bevor die Dukaten scheppern. Als ich auf dem Weg in die Küche bin, um den Gastgeber zu suchen, vibriert mein Handy.

»Hallo, hier ist Cindy, die Stripperin. Ich komme eine halbe Stunde später, hier ist Stau!« Ich lege auf, ohne Cindy zu antworten. Hä??? Ich sprinte zurück in den großen Vorraum. Zu spät. Meine Freunde haben den Braten gerochen. Sie haben sich in kurzem Abstand vor der vermeintlichen Stripperin aufgebaut und johlen im Takt: »Ausziehen! Ausziehen!« Dazu haben sie ihre Handykameras aktiviert und sind schon ganz scharf darauf, die wilde Show der Ausziehbarbie in alle möglichen Netze einzustellen. Sie sieht ziemlich angefressen aus, wenn Sie mich fragen, gar nicht groovy oder irgendwie verführerisch. Umständlich kramt sie ein Funkgerät aus ihrer Tasche und spricht etwas hinein. Das ist mein Signal. Ich packe meine Jacke und verschwinde, so schnell ich kann. Als ich unten an der Treppe bin, höre ich zweierlei: Ein Martinshorn, das sich nähert, und den Schlachtruf »Ausziehen! Ausziehen!«, der mit jedem Meter leiser wird, den ich mich vom Schauplatz dieser schaurigen Verwechslung entferne. Erst ein paar Straßen weiter beginne ich, leise vor mich hin zu lachen. Als ich schließlich zu Hause bin und meine Mutter mich an der Türe abfängt, um mich über den Zustand meines Zimmers aufzuklären (»Keines zivilisierten Menschen würdig!«), bin ich bester Stimmung. Und froh, doch noch keine eigene Wohnung zu haben, in der sich solche Tragödien ereignen. Aber glauben Sie nicht, dass meine Mutter meine reifen Gedanken zu schätzen wüsste. Als ich ihr sage, wie schön es zu Hause sei und dass ich mich freuen würde, mit ihr zusammen unter einem Dach zu leben, schaut sie mich nur genervt an und fragt: »Sag mal Junge, nimmst du etwa Drogen?«

Ja, Mama, ich nehme sie, wenn du sie unbedingt loswerden willst.

Behaarung

Zu den Privilegien der Jugend gehört es, hin und wieder seine Meinung ändern zu dürfen. In einer Hinsicht aber sollte man sich sehr früh festlegen: Körperbehaarung.

Jeder Mensch durchläuft unterschiedliche Phasen in seinem Leben, in denen sich vieles verändert. Manche lernen, ihren Namen zu schreiben, andere sind schon so weit, ihn langsam wieder zu vergessen. Man wird gereizter (in jeder Hinsicht), man sieht Dinge mit anderen Augen (oder ist irgendwann froh, überhaupt noch was zu sehen), und kaum hat man unter Mühen den Führerschein bestanden, muss man auch schon wieder zum Idiotentest. *Panta rhei*, sagt der Grieche (was so viel heißt wie: *alles fließt*), und mein alter Vater ruft ihm nach: »Und zwar viel davon und schnell!« Aber sein Alkoholproblem wollen wir jetzt mal beiseitelassen, in diesem Text geht es um einen wesentlich unangenehmeren Sachverhalt: Es geht um Haare (im weitesten Sinne!).

Oft wachsen Menschen Haare an Stellen, die vorher kahl waren. Auf dem Kopf (bei Kleinkindern), auf den Zähnen (bei Mädchen ab vierzehn) und auch auf dem Rücken (bei älteren Herren). Ich gehöre keiner dieser Zielgruppen an. Ich sehe allerdings dem Tag schon mit Grauen entgegen, an dem sich das einmal ändert, wenn ich also alt und stark behaart sein werde. Ich habe schon eine kleine Vorschau darauf bekommen. Im Zoo, beim Anblick eines seltenen Silberrückens. Und auf ARTE. Bei einem Porno. Das war echt nicht mehr menschlich. Wo ist der katholische Filmdienst, wenn man ihn braucht? Solche Filme gehören verboten. Zensiert! Da wird man doch als junger Mensch total traumatisiert! Die Leute in diesen Filmen, ich kann Ihnen sagen: alles verwuchert. Unterarme, Achseln, Rücken, Beine, sogar die Bikini-Zone: Struppige Zonen ungebremsten Wachstums, man möchte sich nach dem ersten Blick schon schreiend unter die Dusche werfen und schrubben, bis die Haut blutet. Ich kann die Amerikaner verstehen, die vor fünfundzwanzig Jahren aufschrien, als Nena mit »99 Luftballons« plötzlich in ihrer Hitparade auftauchte. »She has the whole Black Forest under her arms!«, lautete eine der Schlagzeilen. Wer da nach einem musikalischen Hintergrund sucht, ist auf dem falschen Dampfer. Die Dame war einfach nur unrasiert. So etwas ist bei unseren amerikanischen Freunden schon seit Jahrzehnten so beliebt wie eine Darmspülung. Bei ihnen muss alles glatt sein, sauber, porentief rein: Wie ein Babypopo sollte wenigstens die Haut von Frauen aussehen – und die von Männern möglichst auch, sogar die von Heterosexuellen. Ich bin jetzt kein ausgewiesener Fan der Amerikaner, das nicht. Aber wo sie recht haben: Haare (außer auf dem Kopf) müssen alle runter. In dieser Hinsicht spreche ich für meine ganze Generation (außer vielleicht für ein paar Computernerds, die keine Zeit haben, sich zu rasieren): Wir mögen es pur. Besonders dankbar bin ich meinen Mitschülerinnen, die sich vor dem Schwimmunterricht noch schnell den Schritt rasiert haben. Die meisten nicht nur so, dass nichts rausguckt. Nein, sie sind kahl in der Bikinizone. Logisch, wie ich finde. Auf einer Autobahn wächst schließlich auch kein Gras.

Bestimmt denken Sie jetzt, ich sei ein bisschen zu jung, um Ihnen etwas über Schamhaare zu erzählen. Falsch gedacht! Ich habe letztens zwei etwa dreizehnjährige Mädchen im Bus belauscht. (Das muss manchmal sein, wenn man seine Zeitgenossen verstehen möchte, ich bin ja sozusagen ein Soziologe des Alltags.)

»Ich habe jetzt meine ersten Schamhaare bekommen«, vermeldet die eine. Woraufhin die andere fragt: »Und? Stören die, wenn du geballert wirst?«

Klar, erschreckend. Einerseits. Andererseits aber kann man sich doch nicht früh genug mit der ästhetischen Qualität seiner Popp-Performance beschäftigen, die Konkurrenz schläft ja auch rum.

Aber abgesehen von den kleinen Mädchen: Davonlaufen kann ich als siebzehnjähriger Junge vor diesem Problem auch nicht. Gerade *ich* nicht. Ich bin, nun ja: *beinahe blond* mit einem kleinen, kaum vernehmbaren Schuss ins Rothaarige. Sie können sich also vorstellen, welche Frage mir am häufigsten gestellt wird. (Nein, »Möchtest du mit mir ausgehen?« ist leider nicht mal in der Top Ten.) Stattdessen lautet die populärste Frage, mit der ich gerne von *weiblichen* Personen konfrontiert werde:

»Fabian?« Dann mustern sie mich interessiert und schamlos von oben bis unten. »Hast Du eigentlich auch rote Schamhaare?«

Ich schwanke immer, was ich antworten soll.

»Komm mit aufs Schulklo, dann kannste mal kucken!«, hat sich erledigt, nachdem ausgerechnet die dicke Hilde auf meinen Vorschlag eingehen wollte und etwas massiver drängelte. *Nice* wäre es auch zu antworten: »In der Regel sieht das bei dir nicht anders aus.« Aber das wäre dann doch deutlich unter Niveau, oder? Sie wissen ja inzwischen, dass ich mehr so der höfliche Typ Mann bin. Inzwischen beantworte ich die Frage also lieber wahrheitsgemäß, um unschöner Legendenbildung entgegenzuwirken: »Nein! Ich bin im Intimbereich mit einem dunklen Straßenkötereichenbraun ausgestattet!« So weit lasse ich es allerdings nie kommen. Ich rasiere mir die Haare am Sack. Möchten Sie denn mit einer Frau zusammen sein, der straßenkötereichenbraune Haarfäden am Mundwinkel hängen? Wie sieht denn das aus?

Und ja, bevor Sie fragen: Ich rasiere mir auch meine Brusthaare ab. (Alle drei bisher!) Niemand mit rotblonden Haaren sollte es wagen, seine Brust unbehandelt vorzuführen. Das sieht einfach anders aus, als wenn, sagen wir, der italienische Barde Eros Ramazotti sich auf der Brust Schmalzlöckchen wachsen lassen würde. Und zwar nicht *gut* anders. Sondern *krank* anders. So, als ob man seiner Gummipuppe einen Bart anmalt: pervers. Ich will das nicht. Jetzt mal ehrlich: Wer von Ihnen findet Haare auf der Brust denn schon wirklich sexy? Und stellen Sie sich vor, die Frauen fangen auch noch damit an, sie mit Gel zu beschmieren …

Benehmen

Meine Generation hat das Image, sich nicht benehmen zu können. Das ist nicht nur eine Beleidigung für unsere Eltern, die ihr Bestes gegeben (und hin und wieder sogar die Supernanny engagiert) haben. Es ist auch noch nicht mal wahr!

Soll noch einer behaupten, ein würdevoller Tod sei ein Privileg des Alters. Neulich im Bus hätte sich vor meinen Augen beinahe so ein Pensionär für immer verabschiedet. Erstickt am eigenen Schaum vor dem Mund – darauf muss man auch erst mal kommen. Und wer wäre schuld gewesen? *Moi.* Und meine angeblich fehlende Kinderstube. Das hätte jedenfalls auf seinem Grabstein gestanden. Dabei hat der Alte mich nur völlig falsch verstanden.

Aber der Reihe nach. Ich sitze im Bus und hänge so meinen Gedanken nach: Komasaufen, Paris Hilton, die Relativitätstheorie – das Übliche. Da steigt ein älterer, aber auf den ersten Blick noch recht rüstiger Herr zu, schaut sich sichtlich übellaunig um und beginnt auf der Stelle damit, mich zu fixieren. Ich meine, der Typ guckt nicht bloß mal rüber, nein: Der starrt mir tief in die Augen. Was will er denn? Soll ich sein schief geknöpftes Hemd richten oder sein taubes Bein massieren? Oder handelt es sich bloß mal wieder um einen rattigen Pastor auf Viagra? Ich entscheide mich dafür, höflich zu bleiben und klappe den Mittelfinger ein, bevor er schon wieder Unheil anrichtet. Stattdessen starre ich ebenso intensiv zurück. Schließlich hat der Alte ja angefangen. Das kommt bei dem faltigen Typen aber gar nicht gut an.

»Hör mal, junger Mann!«, ranzt er in meine Richtung. »Hast du denn keine Kinderstube genossen, du Rabauke? Ich habe zwei Weltkriege und die Abschaffung der Rabattmarken überstanden, da habe ich doch wohl ein Recht auf einen Sitzplatz im Bus!« Seine Stimme knarzt wie der Parkettboden in einem Landgasthof. Aha, darum geht es also. Wortlos stehe ich auf und deute mit galanter Geste auf meinen Sitzplatz: »Aber gerne, wenn Sie so nett fragen!« Soll keiner behaupten, mit Deeskalation würden sich Jungs in meinem Alter nicht auskennen. Doch das ist dem Alten offenbar auch nicht recht. Mit rotem Kopf mault er zusammenhanglos vor sich hin, nachdem er sich ächzend auf *seinem* Platz niedergelassen hat.

»Die Jugend ... auch nicht mehr das, was sie mal war ... immer schlimmer ... ungezogenes Gesocks ... Rowdies allesamt ... hätte es früher nicht gegeben ...«

Bevor er mich daran erinnern kann, dass Typen wie ich es sowieso viel zu gut haben und es nicht schaden könnte, wenn wir hin und wieder den Rohrstock schmecken würden, unterbreche ich sein nerviges Genöle.

»Was wollen Sie denn *noch*? Ich habe Ihnen meinen Platz doch schon überlassen?«, spreche ich sanft in seine Richtung. »Und tut mir leid, dass ich nicht vorbereitet bin, beim nächsten Mal habe ich auch ein Schlückchen Buer lecithin dabei ...«

Möglicherweise kommt das bei meinem neuen Freund gar nicht so gut an. Seine Gesichtsfarbe changiert nun in erstaunlichem Wechseltempo zwischen blutleeren Grüntönen und einem hässlichen Rot, das man zuletzt den Meuchelopfern in *Saw* aus dem Kopf spritzen sah.

»Unverschämtheit!«, hustet er in den Bus. »Du kleiner Rotzlöffel! Dein Vater müsste ich sein, windelweich würde ich dich schlagen, bis du lernst, älteren Menschen gegenüber ein wenig mehr Respekt zu zeigen!«

Mein Pensionär mault inzwischen in beachtlicher Lautstärke, seine Spucke fliegt gemeinsam mit kleinen Lungenbrocken durch den Bus wie Wasser aus einer Sprinkleranlage des botanischen Gartens. Hoffentlich hat unser Fahrer einen Defibrillator dabei. Zum Glück haben wir die nächste Haltestelle erreicht. Meine ist es nicht, aber bevor ich dabei zusehe, wie der Alte vor meinen Augen kollabiert, steige ich lieber aus und warte auf den nächsten Bus. Ich weiß eben, meine kleinen Siege auszukosten.

Ein letzter Blick zurück. Der Alte klebt wütend an der Fensterscheibe, die Nase platt gedrückt wie ein Kirmesboxer. So viel Hass auf einem einzigen Sitzplatz.

Und das alles nur, weil ich den Mann nicht beleidigen wollte.

Das alles hier ist nämlich bloß das Resultat eines kleinen Missverständnisses. Ich bin doch nicht *unhöflich*, wenn ich nicht gleich aufspringe, sobald ein Oppa über achtundzwanzig in ein Gefährt des öffentlichen Nahverkehrs eincheckt. Im Gegenteil. Ich respektiere doch bloß seine Selbstwahrnehmung, auch im hohen Alter noch zu den fitten Leistungsträgern unserer Gesellschaft zu gehören. Und zwar, indem ich einfach sitzen bleibe und ihm damit zu verstehen gebe: »Alter, du schaffst das schon!«

Verstehen Sie nicht? Hallo? Ich muss mir doch nur mal kurz vorstellen, wie das wohl später bei *mir* ankommen würde, wenn so ein Rotzlöffel mit Basecap und Skullcandy-Kopfhörern sich die Baggy hochzieht, bevor er mir im Bus gönnerhaft den Platz zuweist, den er gerade noch mit seinem halbnackten Hintern angewärmt hat. Ich kann Ihnen sagen, was ich denken würde: »Sehe ich etwa so aus, als ob ich mich setzen muss, weil sich sonst meine Oberschenkelknochen in den Arsch rammen? Trage ich etwa schon eine quer gekämmte Halbglatze? Steht hier irgendwo mein Pfleger herum? Habe ich eine Gehhilfe versteckt? Glaubst du, Hansi Hinterseer singt mich jeden Abend in den Schlaf? Siehst du mich irgendwo Enten füttern? Oder bin ich etwa Lehrer?«

Und genau das ist der Grund, warum ich im Bus älteren Menschen meinen Sitzplatz nur auf konkrete Nachfrage abtrete. Respekt! Nichts als Respekt! Ich nehme an, es kommt einfach nicht so gut, wenn ich einem deutschen Rentner, der vorgestern noch stolz in

Polen einmarschiert ist und zu Hause täglich zum Radetzkymarsch defiliert, mit meiner hochnäsigen Geste beschäme. Vermutlich wird er ohnehin jeden Tag an sein natürliches Verfallsdatum erinnert. Warum also sollte ich ihn auch noch darauf stoßen, dass er vermutlich bei der nächsten Fußball-WM schon mit einem künstlichen Darmausgang oder einer neuen Hüfte in seiner Stammkneipe hockt und sich sein warmes Bier intravenös hinter die Binde kippen muss? Nein, so was mache ich nicht. Weil ich ein höflicher Mensch bin, der über gutes Benehmen verfügt. Das gilt übrigens nicht nur für mich, sondern für fast alle meine Freunde. Und das sollten sich die alten Säcke jetzt wirklich mal hinter ihre Blumenkohlöhrchen schreiben.

10 Fragen, die man sich stellen sollte, bevor man im Bus seinen Sitzplatz aufgibt

1. Muss man auch für dicke Menschen aufstehen?

Interessante Frage, denn jetzt gilt es abzuwägen. Sollte man so freundlich sein, seinen schwer erkämpften Sitzplatz aufzugeben, nur weil sich Fatboy Kevin seit seinem siebten Lebensjahr ausschließlich vom Big-Mac-Menü ernährt? Jetzt ist er vierzehn und hat schon sichtlich Mühe, in den Bus einzusteigen, ohne dass ihm der Busfahrer die Rampe ausfährt. Aus diesem Blickwinkel betrachtet: nein. Das ist schließlich sein selbst verschuldetes Elend, und unsereiner unterstützt keinen Halbwüchsigen, der sich mangelernährt. Ein bisschen Sport täte Fatty gut. Punkt.

Andererseits: Der arme Junge schwitzt bereits nach der ersten Station ziemlich heftig. Es besteht die Gefahr, dass er bei einem abrupten Bremsmanöver des Busfahrers umkippt wie ein Sumoringer. Da reicht ein bisschen Schräglage, und der schwammige Berg rutscht unaufhaltsam zur Seite. Möchte man da Sitzplatzpassagier sein und möglicherweise Opfer einer Fettlawine? Auch wieder wahr.

Wie gesagt, eine schwere Entscheidung. Mein Rat: Sofern der dicke Kerl mindestens zwei Sitzreihen entfernt steht und bei einem Unfall keine unmittelbare Gefahr besteht, dass er gerade auf Ihnen landet, dann bleiben Sie ruhig stumpf sitzen. Schauen Sie halt nicht so aufdringlich hin, wenn sein Schweißbächlein unaufhörlich rinnt.

2. Muss man aufstehen, wenn manche Sitzplätze nur von Taschen, Füßen oder Kleinkindern besetzt werden?

Prinzipiell eine klare Ansage: Natürlich nicht! Niemand, nicht mal die Powershopperin von der Düsseldorfer Kö oder der beinamputierte Kriegsveteran haben ein Recht darauf, mit ihren Utensilien mehr als *einen* Platz zu belegen. Von lässig hingeschwungenen Quanten mal ganz zu schweigen, für die in der Regel Halbwüchsige wie ich selbst einen eigenen Platz im Bus beanspruchen. (Kinder sind natürlich strittig. Ich würde sagen: Auch ein Zweijähriger hat das Recht auf einen eigenen Platz im Leben, selbst wenn er für seine Fahrkarte noch nichts bezahlen muss.)

Allerdings ist das jetzt bloß eine theoretische Einschätzung. Es gibt Menschen, die man unter gar keinen Umständen um eine zu Unrecht okkupierte Sitzgelegenheit bitten sollte: Frührentner mit diesem missmutigen Ich-gehöre-noch-nicht-zum-alten-Eisen-Blick zum Beispiel, die ihre modrige Aktentasche mit der gefüllten Thermoskanne so grimmig neben sich platziert haben wie eine Schrotflinte. Besser man lässt diese tickenden Zeitbomben vor sich hin köcheln, statt sie mit einer höflichen Frage nach einem Sitzplatz zu belästigen. Und was die Jungs angeht, die im Bus demonstrativ ihre Beine hochlegen: Deutlicher könnten sie gar nicht zum Ausdruck bringen, dass sie Ärger suchen. Besser, Sie umkurven diese Vorstadtposer weiträumig, wenn Ihnen die Form Ihrer Nase schon ganz gut gefällt.

3. Muss man aufstehen oder sich umsetzen, wenn alte Menschen lieber vorwärts fahren?

Muss man nicht. Wäre aber höflich. Denn *wir* haben schließlich noch kein Problem mit dem Gleichgewichtssinn und müssen nicht einen halben Liter Tropfen pro Tag einnehmen, nur damit wir es noch mal aus dem Bett schaffen. Manche Leute glauben eben, sie könnten nur in Fahrtrichtung sitzen, andernfalls würde ihnen schlecht. Das muss zwar nicht stimmen, aber wenn sie in meiner Nähe sitzen, würde ich es trotzdem nicht drauf ankommen lassen.

4. Warum muss ich nach dem Sport aufstehen und nicht der vierzigjährige Obdachlose, der eh nicht bezahlt und ohne Zweifel den ganzen Tag mit einem Pappbecher vor Karstadt gesessen hat?

Ganz einfach: Weil ich kein kleines Arschloch bin, das vorschnell urteilt. Woher weiß ich denn, dass der ungewaschene Penner neben mir keine schwere Kindheit hatte, mit einem schlagenden Vater oder einer saufenden Mutter? Oder, noch trauriger: Vielleicht war er sogar ein Zögling in einem katholischen Ordensinternat und musste den ganzen Tag ... äh ... Kirchenlieder auf der Orgel spielen? Auf den ersten Blick lässt sich so etwas doch nicht ermessen. Mit ein bisschen Demut im Sinn wird man gerne aufstehen und den armen Kerl sitzen lassen, zumal die fast geleerte Sangriabombe auf seinem Schoß darauf schließen lässt, dass er es aufrecht ohnehin nicht mehr so weit machen würde.

5. Ist es unhöflich, älteren Menschen einen Schwerbehindertenplatz anzubieten?

Nicht, wenn der ältere Mensch mit zwei Krücken in den Bus stolpert oder wenn ihm auf seinem Lebensweg ganz offensichtlich ein paar Glieder abhandengekommen sind. Heikel wird die Angelegenheit erst dann, wenn das Alter der betreffenden Person zwar schon weit vorangeschritten ist, aber auf den ersten Blick keine größeren Verfallserscheinungen zu beobachten sind. Manch einer unserer Veteranen wird ja schnell komisch, wenn man ihn an seinen nahenden Check Out erinnert. Da quält er sich noch tagtäglich auf seiner Trimmtrabstrecke durch den Wald, und so ein respektloser Lümmel unterstellt ihm indirekt, er könne nicht mal mehr eine Station mit dem Bus fahren, ohne dabei ein Krankenlager errichten zu müssen. Das kann zu peinlichen Szenen führen.

Richtig gefährlich aber kann es werden, wenn freundliche Jugendliche wie du und ich einer, sagen wir, vierzigjährigen Frau so einen Handicapplatz anbietet und sie sich selbst noch für *Playboy*-Material hält, in unseren Augen aber selbst für das Besenreiserdossier der *Brigitte* schon zu faltig geworden ist. Nur humorbegabte und selbstbewusste Damen werden das für einen Scherz halten und laut auflachen. Der große Rest aber wird schmallippig loszicken und, wenn man Pech hat, mit dem Schminktäschchen hauen. Bei Frauen ist das Risiko deutlich größer, in seinen besten Absichten missverstanden zu werden. Dann eher riskieren, sich für ein paar Minuten als respektloser Rüpel zu fühlen und sitzen zu bleiben. (Und gemütlicher ist die Fahrt so allemal.)

6. Steht man auch für Schwangere auf, wenn man sich nicht sicher ist, ob es sich nicht doch nur um eine permanent beleibte Frau handelt?

Ganz dünnes Eis. Wie häufig ist mir schon der Satz rausgerutscht: »Wann ist es denn so weit?«, und die Frau gegenüber schaut mich nur geschockt an. Eine Freundin meiner Mutter war wenigstens so schlagfertig, mit einem Witz zu kontern: »In vier Wochen. Es wird ein Doughnut!« Der Rest aber bricht bei dieser Frage gern in Tränen aus oder wird rabiat: »Du unverschämter Bengel, du, mach deine Witze über deinesgleichen!« Eine Aufforderung, die ich nicht so ganz verstehe. Ich meine, wenn es meinesgleichen wäre, würde ich doch keine Witze machen *müssen* – was ist an einem gut aussehenden Pubertisten wie mir denn so komisch? Aber um zum Thema zurückzukommen: Im Zweifel hält man besser erst einmal den Mund und schaut in eine andere Richtung. Wenn sich eine schwangere Frau im Bus befindet, wird sie ihren Zustand ohnehin innerhalb von dreißig Sekunden der ganzen Welt mitteilen wollen. Oder haben Sie schon mal eine einfach bloß fette Frau dabei beobachtet, wie sie sich seufzend den Bauch krault, als ob darin ein Pudelwelpe schwimmen würde, und dabei beseelt auf ein Ultraschallbild von ihrer Speiseröhre starrt? Sehen Sie. Das tun nur Mädchen, die einen lebenden Braten in der Röhre haben. Wenn Sie ein derartiges Verhalten im Bus registrieren, können Sie immer noch aufstehen, dazu ist es nie zu spät.

7. Fragt man, ob die Zielperson sitzen möchte, oder steht man direkt auf?

Gar kein blöder Gedanke. Stellen Sie sich vor, Sie bieten dem netten Opa mit den unterschiedlichen Socken und einer Mütze, die schon 1962 aus der Mode gekommen war, wortlos Ihren Platz an. Bevor der Greis verstanden hat, was Sie von ihm wollen, hat sich doch längst der stumpfe Sonderschüler mit dem Wacken-2009-Sweatshirt auf dem Platz niedergelassen. Wie peinlich ist das denn? So ein Schwammkopf denkt nicht mal daran, mit Ihnen zu debattieren – der sitzt jetzt da, Ende. Um so etwas zu vermeiden, ist es effektiver, den Sitzplatzkandidaten deutlich anzusprechen, um Missverständnisse auszuschließen. Obwohl …

»Entschuldigen Sie, mein Herr, möchten Sie sich vielleicht setzen?«

»HÄH?«

Der Opa hat Sie nicht verstanden. Er führt eine Hand zum Ohr, so als wolle er daran ziehen. Hat wohl sein Gerät nicht eingeschaltet.

»Wollen Sie SITZEN? Hier?« Mal sehen, ob das so funktioniert.

Der Opa nickt eifrig. Doch er macht keine Anstalten, sich niederzulassen. Stattdessen nestelt er umständlich in seiner Jacke und holt nach endlosen Minuten seine Monatskarte aus dem Revers. Stolz zeigt er sie Ihnen.

»Alles in Ordnung?«

Sie nicken resigniert, bleiben aber stehen. Die Umstehenden beäugen die Situation skeptisch. Sie können das wachsende Misstrauen richtig spüren. Der tumbe Sonderschüler (es gibt immer einen, nur die Aufdrucke der T-Shirts verändern sich) nutzt die Chance und zwängt sich auf Ihren Platz. Im selben Moment fragt eine akkurat aussehende Hausfrau mit modischer Tupfenbrille:

»Was machen Sie denn da?«

Der Alte schaut Sie fragend an. Das würde er vermutlich auch gern wissen. Sie erklären der Dame, dass Sie da *nichts* machen und dem älteren Herrn eigentlich nur den eigenen Sitzplatz anbieten wollten, woraufhin die Frau misstrauisch nachfragt:

»Welcher Sitzplatz denn?«

Der Sonderschüler mit dem Wacken-Shirt schaut ungerührt nach vorne. Das ist der Zeitpunkt, an dem Sie sich zu einem geordneten Rückzug entscheiden. Sie steigen an der nächsten Haltestelle aus, obwohl es noch drei Stationen bis nach Hause gewesen wären.

Äh … wie lautete die Ausgangsfrage noch mal? Ach ja: Fragt man, ob die Zielperson sitzen möchte oder steht man direkt auf? Ich würde sagen: Entscheiden Sie selbst. Es kann nur verkehrt sein.

8. Wie kann ich wissen, ab welchem Alter man nicht mehr aufstehen kann, wenn man sich einmal hingesetzt hat?

Tja, das kommt vor. Es betrifft Leute wie Horst Schlämmer aus Grevenbroich, die Rücken haben und froh sind, wenn sie mit durchgedrücktem Kreuz so gerade noch *stehen* können. Sitzen in einem rüttelnden Bus ist da schon lange nicht mehr drin, vom Aufstehen an der passenden Haltestelle mal ganz zu schweigen. Leider sieht man den meisten Menschen ihre Gebrechen nicht an, sodass auch bei einem begründeten Verdacht keinesfalls davon abgesehen werden darf, den eigenen Sitzplatz anzubieten. Die gute Nachricht: Sie können im Anschluss an Ihr selbstloses Angebot mit ruhigem Gewissen sitzen bleiben. Die schlechte Nachricht: Sie müssen sich eine ausschweifende Krankengeschichte anhören und lernen fünf bis sechs neue Therapieansätze aus der Orthopädie kennen. Hören Sie besser zu, wer weiß, wann Sie das selbst mal brauchen.

9. Kann ich meinen Sitzplatz nicht einfach behaupten und hoffen, dass mich niemand wiedererkennt?

Ja, sicher können Sie das so halten. Dazu brauchen Sie erstens ein dickes Fell, denn wenn Sie der jüngste Fahrgast im öffentlichen Nahverkehr sind und vor Ihnen ein gebrechliches Mütterchen um einen Sitzplatz barmt, dann gehört schon eine gehörige Portion Unverfrorenheit dazu, nicht aufzustehen und den anklagenden Blicken der anderen Fahrgäste standzuhalten. Respekt, wenn Sie das ein paar Minuten durchhalten. Zweitens: Haben Sie nicht hin und wieder das Bedürfnis, ein besserer Mensch zu werden? Oder wollen Sie eine karmische Katastrophe bleiben, die sich durchs Leben pflügt wie eine Planierraupe? Hin und wieder mal nett sein, das hilft gegen die Vorstellung, im nächsten Leben als Kakerlake auf die Welt zu kommen. Oder als Biolehrer.

10. Soll man aufstehen, wenn an der aktuellen Haltestelle plötzlich vier Personen mittleren Alters in schlecht sitzenden Windjacken einsteigen und miteinander tuscheln?

Was heißt schon sollen. *Müssen* ist das Zauberwort in diesem Fall, und zwar *pronto*. Vier Personen mittleren Alters in Windjacken, das bedeutet entweder: Ein paar Holländer sind auf dem Weg zum Winter- oder Sommerschlussverkauf, das wäre dann blinder Alarm. Oder: Wir haben Fahrkartenkontrolleure an Bord. Jetzt heißt es aufspringen und knapp vor dem Schließen der Türen aus dem Bus hopsen, sonst ist das Taschengeld für einen Monat mal wieder für den Arsch.

Benehmen, gutes

Gutes Benehmen ist keine Glückssache. Unsere Eltern haben dafür gekämpft, dass wir auf dem spiegelblanken Parkett gesellschaftlicher Konventionen nicht ständig auf den Arsch fallen. Manche von ihnen sogar erfolgreich.

Sie haben jetzt schon gelernt, dass selbst Jugendliche wie ich hin und wieder eine Beißhemmung entwickeln können, sofern wir über Spurenelemente von einer guten Erziehung verfügen. Ich bin zwar nach wie vor der Ansicht, dass mein busfahrender Wutopa mit einem Tritt vor sein verschorftes Schienbein noch gut bedient gewesen wäre, aber was soll's: Ich bin brav ausgestiegen und habe der faltigen Übelkrähe das Feld überlassen. Meine Mutter wäre entzückt über meine Zurückhaltung. Das Dumme daran ist bloß: Vernunft hin, gute Erziehung her – noch eine Spur befriedigender hätte es sich angefühlt, wenn ich der katastrophalen Ausgeburt von einem Rentner mal ordentlich aufs Maul gegeben hätte. Ich weiß, das klingt jetzt harsch und ein wenig unzivilisiert, aber hey: Ich *mach's* ja nicht wirklich. Ich sag nur ehrlich, was ich gern tun *würde*. Das ist ein ziemlich großer Unterschied.

Meine Eltern sind schuld. Sie haben mir Grenzen

gesetzt. (Was übersetzt so viel heißt wie: Sie haben mir jeden Scheiß verboten!) Deshalb bin ich auch jetzt ein so wohlerzogener Mensch. Ich spreche nicht mit (sehr) vollem Mund, ich schlage keine Mädchen (außer Ashley vielleicht, aber das wäre Notwehr), und ich setze mich zum Pinkeln auf den Pott. Ich bin, das muss ich zugeben, rundherum domestiziert. Das gilt übrigens für die meisten von uns, auch wenn das von den Erwachsenen immer so gern anders dargestellt wird.

Natürlich ist das schade. Mit diesem ganzen Rucksack an Werten und Idealen können wir nur selten so frei agieren, wie es manche Situation erfordern würde: Der Nachbar verpestet wieder mal die Luft - pinkeln wir ihm auf den Grill! Die Else von gegenüber zeigt dir die kalte Schulter? Spionieren wir ihr mit der Kamera nach und stellen die Oben-ohne-Fotos aus ihrem Bad bei schülerVZ ein. Dein Mathelehrer ist ein sadistischer Sack mit einem Faible für seinen Audi A6? Schütten wir dem Zahlenkasper ein bisschen Zucker in den Tank! Alles schöne, von keiner zivilisatorischen Zurückhaltung verstellte Soforthilfen gegen ein schleichend wachsendes Magengeschwür. Was raus muss, muss raus! Tja, schön wär's ...

Leider sind die meisten von uns Opfer eines Phänomens, welches unsere Altvorderen gerne »gute Kinderstube« nennen: Wir können uns einfach nicht so viel Quatsch erlauben, ohne dass unser schlechtes Gewissen gleich diesen unerträglich quäkenden

MÖÖÖP!-MÖÖÖP!-Alarm auslösen würde, den wir aus der Stefan-Raab-Show kennen.

Wäre ich im 17. Stock eines Plattenbaus im Hartz-IV-Dunst von Jacqueline und Dirk aufgewachsen, dann hätte ich heute eine prima Entschuldigung für jeden Scheiß, der mir so einfiele.

»Hey Alder, aufs Maul?«, würde ich knurren, wenn mir jemand blöd käme, würde breitbeinig durch Neukölln promenieren oder auf die Düsseldorfer Kö rotzen. (Das bedeutet nicht, dass ich das jetzt unterlasse. Immerhin muss ich den Grasmock aus meinem Mund ausscheiden.) Ich ließe mich beim Ladendiebstahl erwischen und stände mit siebzehn als »Fabian, das Crashkid« in der Zeitung. Ich wäre moralisch durchaus in der Lage, meinem Lehrer in den Briefkasten zu pinkeln und ihn dann anzuzünden, wozu ich vermutlich – wie die alten Römer – Elefantenkot als Brennstoff verwenden würde. (Ich rede vom Briefkasten, nicht von meinem Lehrer.) Kurz vor meiner Strafmündigkeit könnte ich mich zu BRITT in die Talkshow hocken und freimütig bekennen, dass ich's mit der Omma von Chantalle im Kartoffelkeller getrieben oder die Herztabletten von meinem besten Freund auf dem Pharmaschwarzmarkt verhökert hätte. (Moment mal – gar keine schlechte Idee ...)

Das wäre zwar alles ganz schön mies, aber verantwortlich könnte man mich dafür nicht machen. Meine Eltern hätten das ganz allein auf dem Kerbholz: Nur ihre katastrophale Vorstellung davon, wie ein junger Mensch wie ich erzogen werden sollte (oder ob überhaupt!) hätte aus mir einen charakterlosen Vandalen gemacht. Ich selbst könnte da doch gar nix zu!

Hätte, hätte, Fahrradkette. Die Wahrheit ist: Ich ertrage selbst die nervigsten Gestalten in meiner Nähe, ohne auszuflippen. Ich bleibe gemütlich, auch wenn ich tagtäglich von Lehrern, Mädchen oder Rentnern an der freien Ausgestaltung meiner Persönlichkeit gehindert werde. Ich atme nur ruhig ein und wieder aus, obwohl die Welt da draußen mich permanent auf dem Kieker hat. Und das alles nur, weil ich irgendwann mal in frühester Kindheit *gut erzogen* worden bin, als ich mich noch nicht dagegen auflehnen konnte. Ich werde zwar vermutlich mit siebenundvierzig an einer übersäuerten Gallenblase leiden und vor unterdrückter Aggression mit den Backenzähnen malmen, aber hey: Das war es doch wert? Dafür bin ich ja ein guter, wohlgeratener Mensch geworden. Danke Mama, danke Papa!

Bildung

Wenn Sie doch mal ganz ehrlich sind, dann hatten Sie den Verdacht auch schon: In der Schule lernt man nicht fürs Leben, man lernt für die Schule. Und zwar hauptsächlich Mist!

Sie fragen sich sicher häufiger: Wie verbringt so ein junges Genie wie dieser Fabian Hintzen eigentlich seine Freizeit an einem ganz normalen Freitagnachmittag? Glüht er vor fürs Komasaufen am Wochenende, lädt er sich Ballerspiele runter, quält er seine Haustiere? Nein, liebe Leute: Ich habe gerade Mathe gelernt! Beziehungsweise versucht, auch nur irgendetwas aus diesen Hieroglyphen zu entziffern. Weil ich ja auch alles das, was ich in der Schule lerne, so ungemein brauche für mein weiteres Leben. Als Komiker!

Weil ich später dann auch bestimmt in unzähligen Interviews gefragt werde: Herr Hintzen. Sie sind Komiker. Wie funktioniert denn nun das Prinzip der kompetitiven Hemmung bei der enzymalen Biochemie?

Häh?

Oder Antigone. Wichtig, wichtig. Sollte man auf *jeden* Fall gelesen haben. Damit man im späteren Leben immer sagen kann: Hier … äh … also: Dings! Da! Also egal, jedenfalls: Das ist *wichtig*. Und dafür habe ich jetzt eine schöne Kindheitserinnerung vergessen???

Ich glaube auch nicht, dass ich irgendwann einmal vor meinem Kühlschrank stehe und denke: Boah, ich hätte jetzt schon Bock auf einen deftigen Klecks Natriumascorbat.

Aber dabei will ich doch lernen. Wichtige Dinge, Sachen, mit denen ich was anfangen kann. Man könnte mir statt dieses Schwachsinns doch auch mal eine Waschmaschine erklären. Nur so als Beispiel. Ich sitz da immer vor, guck mir die ganzen Knöpfe an und muss zugeben: Ich kapier's nicht! Irgendwann merke ich dann: Das Backblech ist *viel zu groß!*

Aber anstatt so was zu lernen, haben wir letzte Woche auch noch unsere Zeit verschwendet mit einer Geschichtsexkursion. Mussten wir hin mit dem Zug. Mein Geschichtslehrer hat so genervt. Er hat vorher ungefähr hundert Mal gesagt: Keiner kommt zu spät und verpasst den Zug. *Keiner* kommt zu spät und verpasst den Zug. KEINER kommt zu spät und verpasst den Zug. GAR KEINER KOMMT ZU SPÄT UND VERPASST DEN ZUG.

Und jetzt raten Sie mal, wer den Zug verpasst hat?

Ich.

Okay, ich verschlafe oft. Aber *das* ist es doch, wovon ich spreche. Was nutzt mir die kompetitive Hemmung bei der enzymalen Biochemie? Wäre es nicht besser, wenn mir so langsam mal einer erklärt, wie ich diesen Scheißfunkwecker hier anschalte?

Biologie

Ein Schulfach, in dem wir lernen, dass Schnecken sich auf den Kopf scheißen, und andere ebenso lebenswichtige Dinge.

Ich gehöre offiziell zur deutschen Bildungselite. Das bedeutet nicht unbedingt, dass mein IQ höher ist als der von Paris Hilton, auch wenn das sehr wahrscheinlich ist. (Wobei ich Paris Hilton dafür bewundere, dass sie einen Weg gefunden hat, ihre grenzenlose Bräsigkeit in ein paar Millionen Dollar umzumünzen.) Warum ich zur Elite gehöre, hat einen ganz anderen, formalen Grund: Ich besuche zurzeit die gymnasiale Oberstufe.

Oh oh oh!, werden Sie jetzt denken, der Fabian, das muss ein schlaues Kerlchen sein. Aber ich sage es Ihnen ganz im Vertrauen: Sechs bis sieben Stunden täglich auf einer Schulbank vor sich hindämmern zu dürfen ist zwar ein Privileg, das man zu schätzen wissen sollte – früher musste man schließlich in meinem Alter schon volkswirtschaftlich produktiv sein. Aber der Umstand, dass ich täglich in die Schule gehe, hat nicht im Geringsten etwas mit meiner real existierenden Bildung zu tun. 99% von dem, was uns an Lehrstoff zugemutet wird, ist zu großen Teilen nutzloser als der Hinweis, dass man Pudding tunlichst nicht an die Wand nageln sollte.

Gymnasiale Oberstufe bedeutet in Wahrheit, dass ich Ihnen in kürzester Zeit die Reaktionsgleichung eines bratenden Spiegeleis unter Zufuhr von Salz- und Pfeffermolekülen und Berücksichtigung der freigesetzten Wärmeenergie aufschreiben kann. Ich kenne auch den Nährwert des vorhandenen Eiweißes abzüglich jenem, der durch den Wasserdampf in die Dunstabzugshaube entschwebt, und könnte gleichzeitig auch noch die komplette Historie des Eis auswendig herleiten. Aber wie der verfickte Herd angeht, das hat mir mal wieder keiner gesagt.

Nach diesem Prinzip läuft es in der Schule immer. *Immer.* Wir lernen nur sinnloses Zeug. Nichts von dem, was mir unsere Leerkräfte in den Kopf prügeln, kann ich für mein späteres Leben gebrauchen. Wir haben zum Beispiel in Biologie gelernt, dass es Schneckenarten gibt, die den Darmausgang über ihrem Kopf haben. Die kacken sich auf den Kopf. Wirklich! Das ist echt so. Toll. Gut zu wissen.

Wäre das beim Menschen auch so, würde das wohl einige Frisuren erklären. Abgesehen von diesem hübschen Gedanken: Wofür muss ich das wissen? Ich werde mit diesem Problem der Schnecke vermutlich in meinem ganzen Leben nichts mehr zu tun haben. Oder ich eröffne ein französisches Restaurant, aber da müsste mir schon ein netter Begriff für die Schneckenscheiße auf der Speisekarte einfallen.

Generell ist Biologie eines der sinnlosesten Fächer überhaupt. Wofür muss ich alles Mögliche über Methan, Ethan, Propan, Butan, Pentan, Hexan, Heptan, Octan, Nonan und Decan wissen? Kann ich davon meine zukünftige Familie ernähren? Dazu kommt noch, dass es in diesem Fach oftmals richtig eklig zugeht. So muss man in der zehnten Stufe eines Gymnasiums zum Beispiel Speichel untersuchen, um die Form und Funktion der Zellen zu erkunden. (Wichtig!) Ich sitze in Bio schon seit geraumer Zeit neben Julia, die übrigens ein Fall für ein eigenes Kapitel mit dem Titel »Fassade: Marmor. Innenleben: Holzgerüst« wäre.

Lirum Larum, wir mussten also Speichel mikroskopieren. Da ich am Tag vorher feiern war, fällt die Entscheidung, wessen Spucke wir in Partnerarbeit unter die Linse nehmen, recht einvernehmlich. Ein Holzstäbchen gepackt, Julia einmal durch den Mund gezogen und ab aufs Glasplättchen. Wir sehen: Annähernd sechseckige Zellen, das ist okay. Kleine Punkte in den Zellen, auch in Ordnung. Unterschiedliche Größen und Formen der Speichelzellen, alles notiert. Plötzlich huschen drei längliche Zellen durchs Bild, als ob sie bei *Jugend sprintet für Olympia* mitmachen wollten. Oha! Da hat Julia wohl gestern noch für die mündliche Prüfung geübt. Wie krank ist das denn? Ich überlege kurz, ob ich die Schulleitung wegen seelischer Grausamkeit auf eine Million Euro Schadensersatz verklagen kann. Aber ich weiß nicht so recht. Wo habe ich gestern eigentlich gefeiert, und war Julia auch da?

Nee, das ist mir jetzt zu gefährlich.

Ich schaue mir dann doch lieber die munteren Spermazellen unter dem Mikroskop an. Sie leuchten in einem prächtigen Goldgelb. Wusste ich bis zu diesem Tag auch nicht. Da bekommt der Begriff Morgenstund hat Gold im Mund ja auch wieder eine völlig andere Bedeutung. Vor allem für Julia. Verdammt, ich kann mich einfach nicht erinnern … Stattdessen muss ich an die Bemerkung meiner Mutter denken, die neulich von einer Weinprobe nach Hause kam und uns mit folgenden Worten darüber informierte: »Ich musste leider früher weg. Da habe ich mir das Goldwasser doch glatt durch die Lappen gehen lassen.« Bitte, ihr Bilder: Verschwindet aus meinem Kopf!

Kleines Glossar:

Bitch (siehe: Schlampe)
Gut aussehendes, arrogantes Chick mit einem Charakterfehler. Der besteht darin, dass sie sich nicht für mich interessiert.

BRAVO

Die BRAVO ist so eine Art Navigationsgerät für Jugendliche. Im Prinzip funktioniert es wie bei meinem Alten: Der denkt auch, dass er den Weg kennt, aber zur Sicherheit hat er immer Viagra im Nachtschränkchen.

In meinem Alter ist es peinlich, mit einer *BRAVO* in der Hand erwischt zu werden. Die Ausnahme: hockend im Wald. Aber das passiert mir eigentlich selten, denn ich verstecke sie gleich nach dem Einkauf immer im Schulranzen. Ich hatte lange Jahre ein Abo, aber das führte bei mir zu Hause zu einem Zerwürfnis mit meinem Bruder. Bevor ich meine Zeitung in die Hand bekam, hatte mein Bruder immer schon fast alle Seiten des Hefts mit seinem Schmodder angefeuchtet. Er ist der einzige Teenager, den ich kenne, der sogar auf die Leserbriefseiten wichst. Ich nehme ihm das nicht übel, die Seite ist wirklich nett gestaltet. Aber für einen Zweitleser ist es trotzdem kein Vergnügen, die ganzen Seiten erst mit einem Schwamm abwischen zu müssen, bevor man selbst zum Schuss kommt.

Okay, sprechen wir es ruhig aus: Die *BRAVO* ist der *Playboy* des jungen Mannes um die zwölf. Bevor wir daran denken dürfen, die Riesenbrüste von Jenna Jameson oder Crystal Harris in Hochglanz anzustarren, müssen wir uns erst mal altersgerecht mit Annika S. aus Dülmen oder Ayshe A. aus Bottrop begnügen, die einem Dr. Sommer blöde Fragen stellen oder in der Foto-Lovestory die Orgie im Landschulheim nachspielen. Aber das ist in Ordnung, man muss sich ja erst langsam an die Welt der Erotik heranpirschen. Außerdem wüsste ich sonst auch gar nicht, was ich mit Pamela Anderson reden sollte. Bei meinen Klassenkameradinnen sieht das schon ganz anders aus.

Die Themen in der *BRAVO* sind für uns, was WETTEN, DASS..? für die Kukident-Generation ist: Tagesgespräch. So kursiert immer noch das Gerücht, dass mein Kumpel Karim der Typ war, der als Karl K. aus Mönchengladbach mal die Frage an diesen Dr. Sommer stellte, ob es theoretisch möglich sei, sich selbst einen zu blasen. So ein Idiot. Wer macht denn so eine kranke Scheiße? Weiß doch jeder, dass das nicht funktioniert. Für einen Typen aus dem chinesischen Staatszirkus vielleicht. Alter, ich habe sechs Stunden Massage auf Rezept gebraucht, bis der Schmerz nachließ. Hexenschuss.

Man kommt echt auf komische Ideen, wenn man regelmäßig *BRAVO* liest. Was ich nicht mache. Ich denke, das ist klar geworden.

Bruder, großer

Dieses Kapitel widme ich meinem großen Bruder. Er ist neunzehn Jahre alt und ein echtes Vorbild. Große Brüder waren ja schon immer wichtig. In früheren Generationen aber noch aus ganz anderen Gründen.

Auch mein Vater hatte einen großen Bruder. Ich nenne ihn Onkel Hubert, aber mein Dad sagt *Hubbi, der Spinner,* zu ihm. Mein Onkel Hubert hat meinem Vater früher immer sehr viel bedeutet. Jederzeit konnte er mit all seinen Problemen zu ihm kommen. Onkel Hubert hat meinem Vater zum Beispiel gezeigt, wie man BHs öffnet oder wie man Mädchen zum engen Tanz auffordert. (Natürlich in umgekehrter Reihenfolge.) Und wie man die Sandsäckchen bei den Bundesjugendspielen wirft, ohne dafür gleich mit lebenslangem Sportverbot belegt zu werden, weiß mein Vater auch nur von seinem großen Bruder.

Auch in diesen Zeiten kann man über einen großen Bruder nur glücklich sein. Besonders ich, denn Felix hat in seinem Leben sehr viel für mich getan. Wenn ich Probleme mit dem dicken Anton aus meiner Klasse hatte, dann hat er sich immer ganz genau angehört, wie mich der fette Barbar drangsaliert hat, und anschließend so etwas gesagt wie: »Geschieht dir ganz recht, du Arsch, du hättest dich halt nicht wie eine Pussy aufführen sollen!« Ich schätze, ohne seine Ratschläge würde ich mich vielleicht heute immer noch wie eine Pussy aufführen. (Aber ich fand's damals trotzdem nicht so gut, dass er dem fetten Anton immer Gummibärchen mitbrachte, wenn der mich wieder mal verprügelt hatte.)

Doch mein Bruder Felix war immer ein gutes Beispiel für mich, wie man im Leben viel erreichen kann, ohne großen Aufwand zu betreiben. Er erreichte es zum Beispiel, von drei unterschiedlichen Schulen (Gymnasium, Realschule, Hauptschule) zu fliegen, nur indem er einfach dauerhaft und systematisch gar nichts tat. Mein Bruder war so phlegmatisch, gegen den wirkte jedes Faultier wie Speedy Gonzales. Jetzt hat er zwar keinen Schulabschluss, aber was er in der Schule gelernt hat, kann er auch heute noch täglich anwenden: Auf einem Stuhl sitzen und warten, dass irgendwer ihn aufruft. Nur sitzt er dabei heute nicht mehr in der Schule, sondern in der Agentur für Arbeit herum. Sein Traumjob ist übrigens Museumswächter. Ich bin der Ansicht, dass mein Bruder die Topbesetzung für so einen Job wäre, aber die Jungs von der Arge sind sich da nicht so sicher. Ich schätze, Felix sitzt das Problem einfach aus.

Wofür ich meinem großen Bruder aber besonders danken möchte, ist etwas anderes: Er hat mich schon in meinen jungen Jahren davon abgehalten, meinen Klassenkameraden nachzueifern und viel Sport zu treiben. Wer mit dreizehn schon zwei Packungen Kippen pro Tag abfackelt, ist an schnellen Bewegungen auf Fußballplätzen oder Tartanbahnen nicht mehr besonders interessiert. Es ist, als ob ich die Stimme meines Bruders immer noch hören würde: »Fabian, wenn du heute mal sechzig Zigaretten hintereinander schaffst, dann gebe ich dir am Wochenende meinen Ausweis!« Ich find's schön, wie mein Bruder immer an mich geglaubt hat. Danke, Felix!

Kleines Glossar:

Buch, ein gutes
Prähistorisches Druckerzeugnis, das die ältere Generation als Beweis ihrer kultivierten Lebensform immer noch in die Toskana oder an die Strände der Côte d'Azur mitschleppt, obwohl es iPad und Kindle gibt. Und dafür sterben dann auch noch Bäume.

10 Dinge, an denen Sie erkennen, dass Sie echt alt geworden sind

1. Sie schauen sich Filme wegen der schönen Landschaftsaufnahmen an.
2. Sie finden, dass jeder selbst entscheiden sollte, ob er Volksmusik mag oder nicht. (Und sind dagegen, über Vivisektion im Zusammenhang mit Stefan Mross und Stefanie Hertel auch nur nachzudenken.)
3. Sie denken, Drogen sind *generell* schlecht.
4. Sie kennen den Unterschied zwischen H&M und D&G nicht: Hauptsache, die Buxe passt.
5. Sie finden, *Buxe* sei gar kein richtiges Wort, und liegen auf der Lauer, um jeden kleinen Rechtschreibfehler in diesem Buch aufzustöbern.
6. Sie werden von mir gesiezt.
7. Sie spüren das Verlangen, an einem Samstagmorgen einkaufen zu gehen, und halten es für eine prima Idee, einmal im Monat bei IKEA vorbeizuschauen (um Teelichter zu kaufen).
8. Sie benutzen gerade ein Lesezeichen, weil Sie sich keine Seitenzahlen mehr merken können.
9. Auf die Frage, wie es Ihnen geht, antworten Sie mit der Wahrheit.
10. Sie spenden nicht für *Brot für die Welt*, dafür aber einen Großteil Ihres Einkommens an *Brot für die Enten*.

Bundesjugendspiele

Jeder kennt sie, jeder hatte sie, jeder hasst sie. Die Rede ist nicht von Larissa, unserer Stadtmatratze, sondern vom Versuch, die Jugend fit zu machen: Bundesjugendspiele.

Damit nicht alle Schüler fett und unbeweglich werden, gibt es einmal im Jahr an jeder Schule, die etwas auf sich hält, ein kleines Sportfest. Es heißt: Bundesjugendspiele. So eine Scheiße. Für mich klingt schon das Wort so, als ob das Spektakel auf dem Reichsparteitag in Nürnberg beschlossen worden wäre. Egal, das ist jetzt nicht unser Thema. Reichs ... äh ... Bundesjugendspiele, das war's. Sie funktionieren so: Man wird erst einmal in verschiedene Riegen mit einem Riegenführer eingeteilt – auch ein Wort, das aus der Nürnberger Zeit stammen könnte –, und dann macht man so beknackte Leichtathletikübungen, für die man Punkte kriegt. Kugelstoßen zum Beispiel. Was für eine Scheißsportart. Wenn man das schon im Fernsehen sieht. Schön ist das nicht. Man fragt sich doch immer, wenn man diese sogenannten Sportler sieht: Ist das ein Mann oder eine Frau? Und wenn dieser Mensch dann nur noch in seinem Turnanzug zu sehen ist, wird es klar: Beides! Also quasi eine *Shemale*. Aber das wollen wir nicht weiter vertiefen.

Was soll an dieser Disziplin sportlich sein? Allein, wenn man so einen spillerigen Fünftklässler mit der Kugel in den Ring wanken sieht, fragt man sich doch schon: Hat er Parkinson oder vor dem Frühstück schon zweimal gewichst? Da ist es ja schon ein Erfolg, wenn er die Kugel nicht direkt auf seinen Fuß plumpsen lässt! Und dafür gibt's dann Urkunden, für so einen Käse.

Oder denken Sie mal an einen 50-Meter-Lauf für Vierzehnjährige. Früher mag die Jugend ja hart wie Kruppstahl und zäh wie Leder gewesen sein und von mir aus auch so schnell wie ein Windhund. Aber in diesen Zeiten sind fünfzig Meter viel zu weit. Rennen ist nicht mehr so einfach mit Raucherlunge. Oder einer Schwangerschaft. Oder einer Schwangerschaft *mit* Raucherlunge.

Times, they are a-changin'. Früher gab es auf den Bundesjugendspielen noch ein richtiges Wett-Laufen. Heute wird das L einfach durch ein S ersetzt, irgendwann gibt's sicher auch dafür Ehrenurkunden. Sie sehen schon, ich bin kein Freund dieser verordneten Ertüchtigungen. Ich habe doch auch jeden Tag auf ganz natürlichem Weg Bundesjugendspiele: Morgens verpenn ich, deshalb renne ich in höchstem Tempo zum Bus (Sprint!), werfe meine Tasche vor den Bus (Kugelstoßen, irgendwie, wenn man bedenkt, dass man Tag für Tag mehrere Tonnen an vergessenen Büchern, verlorenen Heften und eine mit zu wenigen Stiften gefüllte Mappe mit sich tragen sollte), damit der Bus nicht ohne mich losfährt. Und dann werfe ich dem Busfahrer einen Apfel hinterher (Schlagball!), weil der Arsch einfach über meine Tasche gerumpelt ist, ohne anzuhalten. Wenn Sie diesen Dreikampf jeden zweiten Tag trainieren, dann flasht Sie so etwas wie Bundesjugendspiele sicher nicht mehr, das kann ich Ihnen versprechen.

Kleines Glossar:

Clique
Von C&A ausgestattete Streberhorde, die in Werbespots herumsitzt und entweder die längste Praline der Welt oder Ferrero Küsschen isst.

Bezeichnet auch das, was Eltern meinen, wenn sie wissen wollen, mit welcher Posse [sprich: *possi*] man rumhängt.

Cool
Zeitloser Slang für lässig, phat [sprich: *fätt*] oder was immer gerade gut kommt. Auch ein Synonym für Hintzen, Fabian.

Date, erstes

Für UNS ist das Leben auch nicht immer einfach. Einige meiner Freunde haben ja noch nicht einmal ihr erstes richtiges Date in den Sand gesetzt. Andere schon. Ich weiß nicht, was schlimmer ist.

Es beginnt mit der Foto-Lovestory in der BRAVO, mit sieben, acht Jahren ungefähr – nur ganz knapp vor der Geschlechtsreife junger Männer also. Kaum hat man diese notdürftig bekleideten Sirenen in der Pubertätsbibel der Bauer Media Group zum ersten Mal gesehen, geht es auch schon los mit dem Kopfkino: Man träumt vom ersten Date mit einem jungen Mädchen. Und denkt sich so: Was kann es Schöneres im Leben geben als ein Treffen mit einem elfengleichen Wesen, das man begehrt, das sich an den eigenen Namen erinnert und sich im Laufe des Abends ohne großes Zureden gleich von einem beträchtlichen Teil seiner Garderobe trennt?

Schön, nicht wahr? Ich sehe es auch noch genau vor mir: Kerzenschein, ruhige Geigenmusik, zwei junge Menschen, die sich beseelt in die Augen schauen. Ich bewege mich langsam auf sie zu, schließe die Augen, spitze die Lippen, beuge mich über den festlich gedeckten Tisch – um dann mit einem Glas kaltem Wasser im Gesicht aus meinem erotischen Tagtraum geweckt zu werden!

»Fabian, setzt dich mal gerade hin beim Essen!«

»Ja, Mama, ist ja schon gut!«

Warum ist das Leben nie halb so schön, wie es sein könnte? Warum sind Mädchen so grausam? Warum hat der liebe Gott den Geschlechtstrieb erfunden? So viele ungelöste Fragen. Statt sich mal *darum* zu kümmern, schickt das Universum uns das DSCHUNGELCAMP auf die Erde. Was will es uns damit sagen? Wenn ich dazu mal eine glaubwürdige Theorie entwickelt habe, werde ich reich und mächtig. Bis es so weit ist, mache ich mir aber lieber über ein näherliegendes Problem Gedanken. Warum zum Teufel ist es so schwierig, ein hübsches Mädchen zu treffen und es ein *Date* zu nennen?

Natürlich gibt es Schlimmeres im Leben. Sich nach einer verkackten Abiturprüfung mit juckendem Eichelkäse den kleinen Zeh an der Türkante anzustoßen und sich dabei durch den Luftzug beim Hinfallen eine Lungenentzündung zu holen, beispielsweise. *Das* wäre schlimmer, zugegeben. Aber nicht viel. Ein mieses Date ist in der nach oben offenen Skala der Verletzungen und Peinlichkeiten schon jenseits der Zwölf anzusiedeln. Wenn ich mal kurz auf mein bisheriges Leben zurückblicke, dann habe ich jetzt schon sehr viel Leid erlebt.

Besonders mein allererstes Date war das mieseste, das man sich vorstellen kann. Dabei hatte ich mich so darauf gefreut. Das Objekt meiner nicht wirklich unschuldigen Begierde trug den wunderschönen Namen Chayenne (na ja, immerhin nicht Jacqueline), hatte braune Haare, blaue Augen und einen guten Arsch für ihr Alter von vierzehn Jahren. Sie war die Erste der Klasse, bei der die Körbchengröße A deutlich überschritten worden war. (Mutmaßungen über das Wachstum ihrer Brüste wurden bei all meinen Klassenkameradinnen vorgenommen – wir hatten ein extra Heft dafür angelegt, in dem Entwicklungssprünge fein säuberlich notiert wurden. Soll noch mal einer behaupten, wir Jugendliche würden uns nicht füreinander interessieren!)

Ich war damals ebenfalls vierzehn. In diesem Alter ist man noch sehr nervös vor einem richtigen Date. (Wenn man später erst mal weiß, was alles schieflaufen kann, ist man noch eine Spur nervöser.)

Ich sprinte also zum Bus, da meine Frisur etwas mehr Zeit in Anspruch genommen hat als üblich. Immerhin will ich (im Rahmen meiner Möglichkeiten) perfekt aussehen, was aber vor einem Date prinzipiell immer misslingt. (Heute weiß ich das!)

Mit halbwegs zurechtgelegten Haaren renne ich die Straßen entlang, um den Bus rechtzeitig zu kriegen. Zur Erklärung: Es ist Sommer, geschätzte hundert Grad im Schatten. Unter meinen Achseln läuft der körpereigene Sprinkler auf Hochtouren. Juchu! Nass geschwitzte Achseln beim ersten Date. Das kommt immer gut an. Immerhin erwische ich den Bus noch. Erst nachdem er losgefahren ist, bemerke ich, dass ich meine Blumen zu Hause vergessen hatte. (Der arme norddeutsche Efeu mit handgetöpfertem Tonkrug!) Könnte es noch besser losgehen? Um den Effekt aus »nichts in den Händen, aber dafür eine komische Aura« noch steigern zu wollen, hätte ich mir eigentlich nur noch in die Hose kacken müssen. (Das ist aber gar nicht nötig, wie sich herausstellen wird.)

Ich sitze also vollkommen durchgeschwitzt im Bus zu Chayenne und hänge erneut meinen Gedanken nach. Sie kennen das ja schon: Komasaufen, Paris Hilton, Relativitätstheorie. All das, was einen so interessiert. Kaum steige ich aus dem Bus, trete ich auch schon in einen noch weichen, übel stinkenden Hundehaufen. Was soll das? Wer lässt seinen Hund denn immer noch mitten auf den Gehweg kacken? Wofür gibt es Hundetüten, Tempos oder Bohlen-CD-Cover? Chayenne kann jede Sekunde auftauchen. Auf einer Wiese versuche ich, die Hundekacke noch schnell abzustreichen, und nutze die letzte Gelegenheit, den Teufel mit dem Beelzebub auszutreiben: Ich lasse ordentlich einen fahren! Keine gute Idee. Die Hundescheiße gewinnt, was sicher auch Chayenne bezeugen könnte, die mir in diesem Moment auf die Schulter tippt: »Hallo Fabian. Äh … schön, dich zu sehen.«

Es klingt wie: »Bööörghhh!«

Zum Glück hat sie ihren Körper halbwegs unter Kontrolle. Ihr Würgen ist kaum wahrnehmbar.

»Hallo Chayenne.«

Ich stehe durchgeschwitzt, ohne Blumen, mit halb gestylter Frisur, Kacke unter dem Schuh und einem frisch gelassenen Furz vor meinem Date. *Sie* ist natürlich perfekt. Ich komme mir vor wie ein Stadtteil von Beirut, den man auf ein Bild der Karibik geschmuggelt hat: irgendwie ziemlich fehl am Platz. Chayenne aber lässt sich nichts anmerken, nachdem sie den ersten Schock überwunden hat.

Wir gehen in meine Lieblingsbar. Das wird ein Zickzackkurs, denn ich gehe auffällig oft über Wiesen, um den Hundekot unter meinen Schuhen zu beseitigen. Hoffentlich wird Chayenne nicht seekrank von meinen kreiselnden Manövern. Wir betreten das *Graefen* und setzen uns an das geöffnete Fenster.

Es stinkt immer noch erbärmlich: Achseln und Sohle haben sich zu einer unseligen Verbindung zusammengeschlossen. Chayenne schnäuzt verhältnismäßig häufig in ein Taschentuch, so etwa dreißig Mal in der Minute. Ich schätze, sie verflucht ihren feinen Geruchssinn. Zum Glück läuft wenigstens die verbale Kommunikation prima.

»Und was macht die Schule so bei dir?«

Ein großer Tropfen Flugspucke begleitet meine lockeren Ausführungen und landet auf Chayennes Kinn. Ich hyperventiliere: *Fuck*, ich hab ihr beim Reden ins Gesicht gespuckt. Soll ich mich entschuldigen und es wegwischen? Oder hat sie es vielleicht noch gar nicht bemerkt? Ein Zwiespalt. Ich entscheide mich, so zu tun, als ob es ganz normal sei, dass ihr ein halbmeterlanger Spuckefaden am Kinn hängt. Ich habe ihr etwa einen Liter Speichel in die Fresse gerotzt. Prima. Sonst noch was?

»Schule ist okay«, sagt sie und wischt sich übers Kinn. Wieder nur ein leichtes Würgen. Dieses Mädchen hat Nehmerqualitäten. Ich frage mich, was ich als Nächstes tun könnte, um sie zum Wanken zu bringen. Rülpsen und in der Nase bohren gleichzeitig, das hätte doch was?

»Willst du was essen?«, frage ich sie stattdessen. Vielleicht fange ich mich ja im Laufe des Dates.

»Pommes«, antwortet Chayenne knapp. Vermutlich hofft sie, ich möge in der Küche verschwinden, um jede einzelne Kartoffel selbst zu schneiden. Ich schaue mich um und suche eine Bedienung. Ich winke eine weiß gekleidete Frau zu mir, nehme die Speisekarte in die Hand und zeige auf Nummer siebzehn.

»Wir hätten gerne zweimal Pommes.«

»Wenn du was am Blinddarm hast, bin ich deine Frau«, antwortet die Dame und zeigt mit dem Finger auf eine schwarz gekleidete Kellnerin, »aber für Pommes ist hier die Bedienung zuständig!«

Oh Scheiße, Frau Doktor ist hier auch bloß zu Gast. Peinlich. Chayenne kichert verhalten. Vielleicht ist das ein gutes Zeichen, Frauen mögen ja Männer, die sie zum Lachen bringen.

Die schwarz gekleidete Kellnerin steht inzwischen vor unserem Tisch und schaut mich an, als sei ich der Volldepp der ganzen Umgebung.

»Zweimal Pommes.«

»Rot-weiß?«

»Nee, gelb-schwarz!«, antworte ich schlagfertig.

Chayenne und die Kellnerin schauen sich mitfühlend an.

»Sollte ein Witz sein!«, sage ich cool.

»Okaaay …«, antwortet die Pommes-Fachverkäuferin und verdreht die Augen. »Also noch mal: Ketchup, Mayo?«

»Kostet das extra?«, frage ich. »Ich habe nur fünf Euro dreiundsechzig dabei.«

»Noch ein Witz?«, fragt Chayenne irritiert.

»Nein, wieso?«

Die Fachkraft schaltet sich ein. »Dann nehmen wir besser mal eine kleine und eine große Portion Pommes, und weil wir ein netter Laden sind, spendiere ich noch eine Fuhre Salz und Senf dazu – das kostet bei uns nämlich nichts.«

Ich wusste damals noch nicht, wie scharf Mädchen auf spendable, finanziell bessergestellte Jungs sind. Heute gehe ich ins Kino und klatsche der Ticketfrau einen blanken Fuffie auf den Tresen. Dann schauen meine Begleiterinnen mich immer so bewundernd an. (Sofern die Kassendame nicht frech nachfragt: »Na Kleiner, Sparschwein geplündert?«)

Jetzt aber Pommes. Pommes pur, um präzise zu sein. Wir sitzen uns geschätzte drei bis vier Minuten wortlos gegenüber. Das Schweigen beginnt, mir ein Loch in den Magen zu fräsen.

»Was hast du eigentlich für Hobbys?« Blöde Frage, nächster Teil. Aber wenn mir doch nichts anderes einfällt?

»Ich reite.«

Na super. Ein Pferdekind. Das Gute daran: Mein derzeitiger Geruch erinnert sie mit Sicherheit an einen Stall – da müsste sie doch eigentlich voll auf mich abfahren? Ich spritze Senf auf meine Pommes und schaue ihr dabei tief in die Augen. Leider ist mein Koordinationsvermögen gerade etwas reduziert, die Aufregung vermutlich: Üppige Senfspritzer landen zu gleichen Teilen auf meinem T-Shirt und in ihrem Gesicht, farblich ein äußerst reizvoller Effekt. Mit der Serviette wische ich ihr eifrig durch das Gesicht. Angenehmer Nebeneffekt: Die letzten verbliebenen Spuckefäden erwische ich auf die Tour gleich mit. Wenigstens lenkt der Senf auch ein wenig von meinem Achselschweiß ab, meine Aura ist jetzt deutlich würziger. Möglicherweise will Chayenne mal an mir lecken? Nein, sie macht keine Anstalten. Sie sieht eher wie ein afrikanisches Flüchtlingskind aus, das in einem Waisenhaus hinter Gittern steht: verängstigt, verzweifelt, hoffnungslos.

Zeit für einen kleinen, realistischen Zwischenstand: Ich habe mich mehr mit Senf als mit Ruhm bekleckert. Falls Chayenne sich immer noch darauf einlassen würde, mich im Verlauf des Abends zu küssen, dann hätte sie ein ernstes psychisches Problem. Wie kann ich diese verfahrene Situation noch retten? Heute würde ich wahrscheinlich einen Anruf von einem Fernsehproduzenten faken:

»Oh, mein Telefon … Ja? Hallo Günter. Ob ich Lust habe auf eine eigene Show? Welcher Sender? ProSieben? Einundzwanzig Uhr? Klar … So viel Geld für zwölf Folgen? Ach so, pro Folge, noch besser! Klar. Ja, gib mir mal kurz die Lena Meyer-Landrut ... Hey, Lena. Gut nach Hause gekommen? Wie es mit meinem Buch vorangeht? Mit *meinem* Buch? Dem von *mir* geschriebenen Buch? Och joa ... ganz okay. Hab wenig Zeit wegen der vielen Weiber, aber im Moment treffe ich mich mit der Ersten, die mir wirklich gefällt und mit der ich mir echt was Festes vorstellen kann. Ja okay, meld dich. Tschüss! ... So, tschuldigung, Chayenne. Wo waren wir stehengeblieben?«

Das wäre mal genial gewesen. Aber hey, ich war erst vierzehn! Also lief es auf einen anderen Text hinaus:

»Du hast einen schönen Busen, das denke ich den ganzen Abend schon!« Ich grinse sie verschwörerisch an.

»Ja, das *weiß* ich!«, antwortete Chayenne. »Du hast ihn ja auch den ganzen Abend nicht aus den Augen gelassen.« Ich schaue betreten zu Boden. War das so leicht zu sehen?

»Ich mach dir ein Angebot, Fabian!«, sagt Chayenne schließlich. »Wenn du jetzt, ohne hochzugucken, meine Augenfarbe korrekt benennen kannst, darfst du mich zum Abschied küssen!«

Das war also mein erstes Date. Ziemlich schwer ins Laufen gekommen, muss ich zugeben, aber gegen Ende noch mal ganz schön heiß: Fast hätte es zu einer wilden Knutscherei kommen können!

Die 10 besten Hintzen-Tipps, um Weiber rumzukriegen

Ich weiß. Pubertär. Peinlich. Prollig. Aber was soll's. Ich schäme mich nicht dafür, andere an meinem Erfolg teilhaben zu lassen. Man will ja auch helfen.

1. Der klassische Hintzen

Der klassische Hintzen erfordert entweder einen gewissen Pegel an diversen Rauschmitteln, der kurzen Prozess mit dubiosen Hemmschwellen macht. Oder aber eine gute Vorarbeit, damit der klassische Hintzen seine Wirkung entfalten kann, ohne mit einer Ohrfeige abgestraft zu werden. Bei den Rauschmitteln sollte man allerdings ein gesundes Maß walten lassen, weil man sonst Sieg oder Niederlage gar nicht mehr auseinanderhalten kann. Und das wäre doch schade. Der klassische Hintzen also ist ganz einfach. Man nehme seine Zielperson und stecke ihr ohne weitere Fragen oder großes Pipapo seine Zunge in den Hals. Mehr nicht. Pack sie dir, und rein mit dem Lappen.
Erfolgschance: 30 %.

2. Der Kino-Hintzen

Ebenfalls nicht sehr anspruchsvoll: Erst lade ich meine weibliche Zielperson ins Kino ein.

Schritt eins: Die Auswahl des passenden Films. Nicht zu Haubumm, aber auch nicht zu schwuchtelig für einen *echten* Mann. Mit dem Vorschlag »Komm, wir gehen in TWILIGHT!« kann man den geselligen Teil des Abends abhaken. Dann steht einem mal wieder eine Nacht mit Taschentüchern und Seife im Kämmerchen bevor. Doch einsame YouPorn-Abende habe ich schon genug. Ich rate also stattdessen zu einer Actionkomödie. Damit hat man das Mädel schon so gut wie am Reißverschluss.

Schritt zwei: Auf jeden Fall für die Begleiterin den Eintritt blechen. »Ich hab nur fünf Euro dabei«, oder: »Ja, wir zahlen getrennt«, führt ebenfalls zum bereits erwähnten YouPorn-Abend. Wenn Nettigkeit die kleine Schwester von Scheiße ist, dann ist Geiz ganz sicher die böse Schwiegermutter. So sexy wie ein Arschkrampen. Am besten also einen frisch gezapften Fuffie auf den Tresen legen und dabei unbeteiligt grinsen, als hätte man noch Dutzende dieser bedruckten Wertzettel.

Nächster Schritt: den Platz links von der Zielperson einnehmen. In einer langweiligen Phase des Films (jeder Film hat Momente, in denen man sich vor Langeweile sogar in den Erdkundeunterricht flüchten würde) schnappt man nach ihrer Hand. Irgendein affiger Vorwand reicht, sei es ihr schöner Ring, seien es die top manikürten Fingernägel – Hauptsache ran an die Hand. Beendet wird diese kinematographisch unterstützte Variante damit, dass man den Arm um den Hals der Zielperson legt, dabei immer noch ihre Hand festhält (so dass quasi kein Spielraum für eine Fluchtaktion entsteht), der Zielperson wenige hundertstel Sekunden verliebt in die Augen blickt und ohne weitere Umschweife den klassischen Hintzen zieht.

Erfolgschance: 95%.

3. Der Karneval-Hintzen

Dieser Weg setzt voraus, dass die Zielperson an Karneval (zu anderen Zeitpunkten wär's leicht psycho) als Prinzessin verkleidet ist. Du bist der Frosch. Der Rest sollte klar sein. (Kleine Zusatzinformation für Jungs mit Draufgänger-Genen: Man *kann* sich den Frosch natürlich auch gleich auf den Pimmel malen.)

So nebenbei: Ich führe an Karneval stets mehrere Kostüme bei mir, damit ich auf möglichst viele andere Verkleidungsideen reagieren kann. Krankenschwestern begegne ich als Arzt, Teufelchen mache ich als Gott die Hölle heiß, einem Kätzchen spiele ich den Löwen. Alles kein Problem.

Erfolgschance: 75%.

4. Der WETTEN, DASS..?-Hintzen

Schön ist auch der WETTEN, DASS..?-Hintzen. Hierbei ist die Kunst gefordert, ein Gespräch in eine bestimmte Richtung zu lenken. Nach der Kontaktaufnahme sollte früher oder später dieser Dialog entstehen: »Wetten?« – »Um was?« – »Wenn ich recht habe, darf ich dich küssen!« Zack! Rein den Lappen.

Beispiele:

1. »Ich bin nicht Fabian Hintzen.« – »Doch, bist du. Ich hab doch gesehen, wie du im Wohnzimmertheater auf der offenen Bühne verkackt hast.« – *»Wetten, dass nicht?« – »Um was?«*
2. »Du bist doch Christina oder?« – »Eigentlich nicht.« – *»Wetten, dass?« – »Um was?«* (Die Chance, dass es sich hierbei jedoch nicht um eine Christina handelt, ist groß. Versuchen Sie es alternierend mit Sophie oder Anna.)
3. »Nein, das ist kein Kackfleck in meiner Hose.« – »Riecht aber so.« – *»Wetten, dass nicht?« – »Um was?«*

Erfolgschance: 50%.

5. Der Ausgeber

Einfach auftauchen, für fuffzich Euro eine Runde Kaltgetränke ordern und abwarten. Das kommt immer gut. Am besten dann noch mit dem neusten iPhone für alle Leute eine Limousine zum Strandapartment bestellen. (Sofern vorhanden. Bei einer Mansardenwohnung verpufft der Effekt.) Apropos: Ein Puffbesuch wäre deutlich günstiger, die Erfolgschance, zum Schuss zu kommen, wesentlich höher.

Erfolgschance: 25%.

6. Die Altersfrage

Der erste Satz kommt aus dem Off.

»Wie bist du denn hier reingekommen? Ich dachte, das ist heute erst ab achtzehn?« (An dieser Stelle ein kurzer Dank an meinen Bruder für seinen Perso.) Darauf die Zielperson: »Wie bitte? Ich bin vierzig. Willst du was trinken?«

Der Anfang wäre gemacht, die Dame (eine sogenannte MILF) liebt Sie bereits für Ihr schamloses Kompliment. Zeit für eine Entscheidung: Wie sollen Sie weiter vorgehen? Vom klassischen Hintzen rate ich an dieser Stelle ab. Frauen mittleren Alters aufwärts haben mit pubertärem Sturm und Drang abgeschlossen. Der Vorteil Ihrer Wahl an diesem Abend: Man kriegt endlich mal eine richtige Frau vor die Flinte und keine, bei der man sich nicht sicher sein kann, ob man sie gerade defloriert oder ob sie doch nur ihre Tage hat.

Erfolgschance: 70%.

7. Der Club-Hintzen

Der Club-Hintzen kann nur gezogen werden, sobald sich die Zielperson auf meine dreiste Idee einlässt. Hierzu starrt man ihr, vorzugsweise in einem Club oder einer Bar, stur in die Augen. Man lässt nicht locker, man starrt da so unbeweglich rein, als ob man schon seit Stunden im Wachkoma wäre. Ab und zu wird die Zielperson dieser Vollfrontalmasche dann auch mal zurück blinzeln. Das ist der Moment, in dem Sie zu ihr hingehen und leicht augenzwinkernd sagen: »Wenn du mich schon anstarrst, kannst du mir auch gleich Hallo sagen.« – »*Ich* hab *dich* doch nicht angestarrt?!« – »Wetten?« – »Um was?« …
Erfolgschance: 75%.

8. Der Kotzer

Siehe Kapitel »Vomieren«. Ich hätte es auch nicht für möglich gehalten, aber es klappt ab und zu wirklich – kann aber auch verdammt schiefgehen.
Erfolgschance: 0,5%.

9. Der Fussel

Frauen verfügen über erogene Zonen am Hals, das weiß jeder. Mithilfe eines kleinen Fussels kann man sich dieses Wissen zunutze machen. Man nehme also so einen Fussel in die Hand – egal, von wo. Vom ranzigen Gürtel, von Om-

mas Weste, einer U-Bahn-Toilette im Berliner Norden, egal: Hauptsache, man hat einen Fussel in der Hand. Man geht *zufällig* an der Zielperson vorbei, lehnt sich charmant an das formschöne Wesen und streicht ihr sanft-verführerisch den Hals entlang. Dann zeigt man ihr den Fussel mit den Worten: »Willst du so den ganzen Tag herumlaufen?« Und schon ist man im Gespräch.
Erfolgschance: 60 %.

10. Der Versager

Man verkackt seine Frisur, tritt kurz vor der Begegnung mit der attraktiven Zielperson in Hundekacke, schwitzt sich nen Affen, spuckt ihr volle Möhre in die Fresse, lässt als ersten Eindruck erst mal ordentlich einen stehen, bekleckert sich mit Senf und macht Komplimente über das Dekolleté. Wenn Ihr Love Interest danach immer noch nicht das Weite gesucht hat, liebt sie Sie wirklich. (Aber Sie sollten das Mädchen vorsichtshalber mal auf ihren Geisteszustand untersuchen lassen.)
Erfolgschance: 0 %.

Randbemerkung

Ich muss Sie warnen. Der Umstand, dass ich mit den oben beschriebenen Strategien das Herz der ein- oder anderen Dame eroberte, muss nicht heißen, dass Sie es ebenso leicht bei den Frauen haben. Selbst wenn Sie meine Tipps noch so genial und charmant beherzigen: Das bringt alles nichts, wenn Sie aussehen wie der letzte Horst. Aber das nur so nebenbei.

Kleines Glossar:

Date, super (siehe: Lena Gercke)
Treffen mit Traumfrau, bei dem nichts schiefgeht und am Ende ausdauernd gevögelt wird.

Dicke Freundin

Früher waren wir dicke Freunde, aber sie hat sich einfach nicht mehr weiterentwickelt …

Kennen Sie das auch, wenn so alles scheiße läuft, Schule verkackt, Arbeit verloren, in Hundescheiße getreten und dann macht auch noch der Freund oder die Freundin Schluss? Und zu allem Überfluss tauchen auch noch so Assis auf, die Sie voller Schadenfreude auslachen und sich an Ihrem Leid ergötzen? Jaja, kenn ich auch, ich bin nämlich einer von diesen Assis.

Aber daran ist meine dicke Freundin ja selber schuld, finde ich. Was lässt die sich auch so gehen? Ich meine, ich esse ja auch gern Fastfood. Aber ich würde nie im Leben auf die Idee kommen, ausgerechnet die Gurke aus dem Doppel Whopper zu puhlen. Keine Ahnung von gesunder Ernährung hat die Else. Früher sind wir gemeinsam durch dick und dünn gegangen, und sie ist dann irgendwann bei dick hängengeblieben. Ich will jetzt mal keinen Namen nennen, denn das wäre ihr vermutlich nicht recht, drum nenne ich sie am besten nur *meine dicke Freundin*. Obwohl, das klingt ja auch nicht gut, oder? Okay, also bleiben wir bei *die Dicke*.

Jedenfalls hatte ich mit der dicken Anna – Mist, jetzt ist es mir doch einfach rausgerutscht, also vergessen Sie einfach, dass ich von Anna spreche ... Noch mal von vorn: Ich hatte also mit der Dicken ein sehr ernstes Gespräch. Denn sie ist, was man mit vierzehn halt so ist, also: schwanger. Dann haben wir geredet, sie hat sich Rat bei mir eingeholt, kennen Sie ja bestimmt, so ein richtiges Problemgespräch unter Teenagern. Können Sie sich eigentlich vorstellen, wie es für ein vierzehnjähriges Mädchen ist, schwanger zu sein? Sie muss sofort mit dem Rauchen aufhören!

Aber jetzt kommt die gute Nachricht. Sie war beim Arzt, und da stellt sich raus: Sie ist doch nicht schwanger gewesen, sie sieht nur so aus. Sie hat also offenbar mehr Glück als Verstand gehabt. (Was nicht heißt, dass Anna dafür allzu viel Glück haben muss, nur damit Sie mich nicht falsch verstehen.) Aber da stellen sich schon Fragen. Zum Beispiel die: Was ist das für ein Typ, der das Risiko eingeht, eine Vierzehnjährige zu schwängern? Ich glaube, diesmal hätte unser Geschichtslehrer echt Ärger bekommen.

Entwicklungssprünge

Ist Ihnen das auch schon aufgefallen? Als Ratgeber sind Eltern ziemlich unzuverlässig, weil wankelmütig: Was gestern galt, ist morgen schon Geschichte ...

Johann Wolfgang von Goethe hat schon gesagt: »Wer viel mit Kindern lebt, wird finden, dass keine äußere Einwirkung auf sie ohne Gegenwirkung bleibt.« Mit anderen Worten: Setze deinem Kind Grenzen, und du bekommst dafür auffe Fresse. Ich habe zwar keine Ahnung, warum das jetzt hier stehen muss, aber ich wollte auch mal einen dieser alten Säcke zitieren, mit denen mein Deutschlehrer immer um die Ecke kommt, wenn ihm selbst nichts mehr einfällt. Obwohl, Moment mal: Irgendwie passt das natürlich schon zum Thema. Der alte Zausel ist sehr weise. Hätte man ein paar Familienvätern in Neukölln vielleicht mal etwas früher übersetzen sollen.

Obwohl, wenn Sie das Kapitel über gutes Benehmen aufmerksam gelesen haben, dann wissen Sie ja, dass ich es gar nicht so schlecht finde, von Autoritätspersonen Grenzen gesetzt zu bekommen. (Auch, wenn die Definition von *Autoritätsperson* manchmal ein Problem für mich ist.)

Ich habe keinen Bock auf die totale Anarchie. Es reicht mir ja schon, die Klamotten von Thomas

Gottschalk zu ertragen, ohne die Style-Polizei einschalten zu dürfen. Mehr Freiheit verträgt keine Demokratie der Welt. Ich möchte nicht, dass in einem Land, in dem *ich* lebe, alle machen, was sie wollen. Niemand will das sehen: Leute, die nackt über die Straße laufen, brennende Porsche Cabrios, mit Parolen beschmierte Häuserwände, auf denen die Volksmusik verhetzt wird, Plündereien im Apple Store, Leute mit Talent gehen zu DSDS. Kranke Welt.

Nein, hilft ja nichts. Ich bin kein Typ für die totale Anarchie. Vermutlich verdanke ich das meinen Eltern und ihren strengen Gesetzen. Stichwort: gute Erziehung. Es muss so sein, ich habe keine andere Erklärung dafür. Was mich jedoch ein wenig verwirrt, ist der Umstand, dass ich im Laufe der Jahre ziemlich widersprüchliche Regeln befolgen musste. Ich vermute, meine Eltern haben den Begriff *mixed messages* ERFUNDEN. Verstehen Sie nicht? Dann gebe ich Ihnen mal ein paar Beispiele, die das Prinzip verdeutlichen. Das fing schon in meiner frühesten Kindheit an. Stundenlang standen meine Eltern vor meinem Bett und animierten mich, endlich sprechen zu lernen: »Fabian, mein Kleiner, sag mal *Mama.*« Als ich fünf wurde, habe ich ihnen den Gefallen dann endlich getan. Ich bilde mir heute noch was drauf ein, gleich einen ganzen Satz rausgebracht zu haben. Meine Mutter war sooo stolz.

Unser populärster Dialog 2011:

»Mama?«

»Kannst du mal einen Moment die Klappe halten, Fabian?!«

Häh?

Erst betteln sie um Wortbeiträge, dann verbieten sie mir den Mund? Das ergibt doch keinen Sinn. Erinnert mich aber an die andere Sache:

»Fabian, du bist jetzt alt genug: Sag Bescheid, wenn du mal musst, dann helfen wir dir!«

Klar, warum nicht, mit sieben hat man wirklich keinen Bock mehr auf Pampers. Also habe ich gemacht, wozu mich meine Eltern gebeten haben. Hat auch wunderbar funktioniert. Windeln sind für mich schon lange kein Thema mehr. (Das kommt erst so mit Ende sechzig wieder, schätze ich.) Meine Eltern sind aber natürlich mal wieder nicht zufrieden mit meinem prima Entwicklungssprung. Wenn ich heutzutage mein Umfeld an meinem aktuellen Verdauungsstatus teilhaben lasse, gibt's nur noch Stress.

»Ich muss mal Bubu!«, teile ich am Küchentisch der versammelten Sippe mit – gelernt ist gelernt. Sofort stänkert meine Mutter mich an: »Na, vielen Dank für die Information, Fabian – kannst du das beim nächsten Mal vielleicht für dich behalten?«

Also was denn jetzt: Wie soll man sich da als Heranwachsender noch auskennen? Ich könnte Ihnen noch so einige dieser Regeln aufzählen, die sich im Laufe der Jahre ad absurdum geführt haben: Aus »Spiel doch mal mit Monika von gegenüber« wurde »Was treibst du eigentlich den ganzen Tag mit dem Nachbarsmädchen in deinem Zimmer?«.

Aus »Lies doch mal ein Buch, Fabian« wurde »Ich verbiete dir, dass du so einen Schund unter mein Dach schleppst!«. (Meinem Vater war Charlotte Roches *Feuchtgebiete* in die Hände gefallen, und da hatte er im Prinzip nicht unrecht.) Aus »Geh doch mal wieder Opa besuchen« wurde »Mir egal, wie du TWILIGHT findest, ihr sollt nicht immer die halbe Nacht auf dem Friedhof herumhängen.«. Und aus »Willst du nicht ein Instrument lernen« wurde »Ich schwöre, dass ich dieses verdammte Schlagzeug verbrenne, wenn du noch einmal vor sieben Uhr morgens übst!«.

So läuft mein Leben. Kontaminiert von widersprüchlichen Regeln und Gesetzen, und da habe ich meine Lehrer und deren Weisheiten noch nicht mal berücksichtigt. Schwierig wird's nur, wenn Lehrerwünsche und Elterngedanken sich schlecht miteinander vertragen. Das »Habt ein schönes Wochenende« von einem Pädagogen namens Äckert wird von meiner Mutter gnadenlos ausgekontert: »Wenn ich noch einmal Wodka in deinem Zimmer entdecke, schmeiß ich die drei bekifften Blondinen in deinem Bett eigenhändig raus!« Na ja, so ähnlich jedenfalls.

Es ist wahrlich ein Wunder, dass wenigstens ein paar von uns die Kurve kriegen und ihren Platz im Leben finden, ohne spätestens mit sechzehn Amok zu laufen. Aber das bemerkt mal wieder keiner von den Alten.

Essen, schlechtes

Im Grunde sind wir doch in unserer pubertären Phase die höflichsten und respektvollsten Menschen der Welt! Der Beweis: Wir essen anstandslos auf, was Mutter uns vorsetzt. Egal, wie sie die Katastrophe nennt.

Jaja, ich weiß schon, was Sie sagen wollen: *Ihr* Kind moppert und quengelt sich durch die komplizierten Jahre zwischen *BRAVO* und Playstation. Von Höflichkeit keine Spur. *Ihr* Sohn spuckt Ihnen Unverschämtheiten entgegen, kaum dass Sie ihn zehnmal am Tag auf die Unordnung in seinem Zimmer aufmerksam machen. Und *Ihr* halbwüchsiger Jeremy-Pascal findet es von einem Tag auf den anderen plötzlich peinlich, wenn Sie ihn vor dem versammelten Freundeskreis abknutschen. Er mag es nicht einmal mehr, wenn Sie ihm mit angerotztem Taschentuch den Schnodder von der Nase wischen. Natürlich zweifeln Sie nun Ihre Erziehungsmethoden an, fragen sich, was Sie falsch gemacht haben, was los ist mit Ihrem Kind, und vor allem: Weshalb haben Sie dem Blag nicht mit Stock und Peitsche eingebimst, wie es sich beim Schnodder-aus-dem-Gesicht-wischen zu verhalten hat?

Aber haben Sie sich schon mal überlegt, dass ein

Kind gerade in der Pubertät tagtäglich vor neue Herausforderungen gestellt wird? Im Grunde ist unser Verhalten doch bloß ein weiterer Beweis für unsere beinahe unmenschliche Willenskraft. Seien Sie froh, dass wir dieser allumfassenden Frustration, unter diesen Umständen auf der Welt zu sein, nicht Steine schmeißend Gehör verschaffen! So ein bisschen Gemecker und Gepöbel ist doch im Prinzip noch eine glatte *Underperformance* angesichts der ständigen Provokationen da draußen.

Verstehen Sie jetzt nicht? Na, das ist doch logisch: Es hat mit unserem Erkenntnisgewinn zu tun: Wir erkennen z. B. während der Pubertät zum ersten Mal, dass unsere Eltern keine Götter sind, die alles wissen, und darüber hinaus, dass sie FDP wählen, weiße Socken tragen und zur HITPARADE DER VOLKSMUSIK mit dem Fuß wippen. Sie kaufen sich Eichenschrankwände und Subarus, sie wollen in den Harz zum Skilaufen und läuten einen bunten Abend mit Eierlikör ein. Kurz: Wir erkennen, dass wir in der kulturellen, ästhetischen und intellektuellen Wüste leben. Oder, noch anders ausgedrückt: Wir wissen nun, dass Eltern peinlich sind! Es gehört einfach zu ihrem Job! Und da wundern sich diese Leute, dass wir uns TRANSFORMERS 1–3 anschauen, um uns wenigstens im Kino mal aus ihrer grau melierten Welt zu verabschieden.

Oder, anderes Beispiel: Die Kochkünste unserer Mütter. Das, womit wir jeden Tag aufs Neue gequält werden. Auch bekannt als *das grüne Zeug*. Früher als Baby, im Zustand der Gnade, da waren wir noch freie Radikale: Hoch vom Babystuhl runter haben wir gekotzt, bis der Anstreicher kam. Jedes Apfelmusbäuerchen war uns recht, um unsere Abscheu vor diesem Fraß zu artikulieren. Später, als wir zu Jungteenagern heranreiften, haben wir das Essen einfach vehement verweigert. Ihr habt versucht, es durch einen Trichter in unseren Rachen zu quetschen, aber wir haben uns nicht unterjochen lassen.

Bei mir war das nicht anders. Auch ich habe früher die widerlichsten Essmanieren an den Tag gelegt. Von Apfelmuserbrechen bis hin zum Ich-mag-deinen-stinkenden-Rosenkohl-nicht-Geschrei war alles drin. Doch wie läuft das heutzutage? *Ich* esse alles auf, was meine Mutter mir auf den Teller klatscht. Alles. Ich erwarte schon lange nicht mehr, dass mir irgendetwas von dem Zeug schmeckt. Das kommt sowieso nicht allzu häufig vor, seitdem sie zu Weihnachten ein neues Gemüsekochbuch bekommen hat, in dem Rosenkohl, Wirsing und Co. den Hauptteil des Ruhms abschöpfen. Ich habe nie verstanden, warum man vor dem Essen beten soll. Seit sie dieses Kochbuch besitzt, weiß ich es besser. Jetzt verstehe ich sogar Statistiken, die besagen, dass 90 % aller Haushaltsunfälle in der Küche passieren. Bei meiner Mutter heißt das: Gemüseburger. *Beurk!*

Und trotzdem: *Ich* esse das alles auf. Bis auf den letzten Bissen. Weil ich groß und stark werden muss und irgendwas meinen anspruchsvollen Stoffwechsel auf Touren bringen soll, ja, das ist *ein* Grund. Aber auch, weil ich verstanden habe, dass meine Eltern einen Großteil ihres Lebens in dem Glauben aufgewachsen sind, fetter Braten, zerkochtes Gemüse oder lappiger Salat seien gesund und machten gute Laune. Meine Güte, die *kennen* das gar nicht anders. Die werden bis an ihr Lebensende dreimal am Tag kontaminiert von Metthack, Klößchen oder einem Wirsingauflauf mit Linsen. Wer hierfür kein Mitgefühl aufbringt, ist kein guter Mensch. Also halte ich solidarisch meinen Mund, die Nase zu und schlucke das graue Zeug. Ich weiß ja – in drei, spätestens vier Jahren bin ich Student und lebe nicht mehr zu Hause. Dann kann ich endlich essen, wonach ein gesunder, postpubertärer Körper wirklich verlangt: Döner, Grillhähnchen und Pommes. Das habe ich mir dann echt verdient.

Ex, auf

Immer wieder ist meine Generation Zielscheibe unsachlicher Kritik. »Ihr trinkt zu viel und zu unkontrolliert«, lautet etwa ein Vorwurf, über den wir nur noch müde lachen können. Doch es kommt noch schlimmer ...

Nicht genug, dass wir gerüffelt werden, *weil* wir Alkohol trinken. Neuerdings gefällt meiner Mutter nicht mal mehr das *Wie!*

»Fabian, kannst du den Tee nicht in kleinen Schlucken genießen?«, hieß es früher, wenn ich ihr schlafmütziges Gebräu aus Quitten und Heilkräutern in mich hineinschüttete, um es schnell hinter mich zu bringen. Heute heißt mein favorisiertes Getränk innerhalb unserer Behausung Bier. Das Trinke ich eigentlich ganz gern, und selbst meiner Mutter gefällt das, weil sie glaubt, es handle sich um Becks Alkoholfrei. Wieso mein Vater sich allerdings nicht wundert, dass er nach vier Flaschen mit vermeintlich echten Umdrehungen immer noch klar denken kann – also für seine Verhältnisse jetzt –, ist mir ein Rätsel. Wenn das heimliche Umfüllen vorher nicht immer so lästig wäre, dann hätte ich beim gemeinsamen Abendessen noch eine Spur mehr Spaß. Und die Rüffel meiner Mutter natürlich, die bleiben auch nie aus. »Sag mal

Fabian, das nimmt dir keiner weg! Du musst das nicht auf ex trinken!«

Jaja, das weiß ich schon. Müssen tu ich sterben, und auch das ist lange hin. Aber mein Bier werde ich wohl trinken dürfen, wie *ich* es will. Zumal es gute Gründe gibt, es *schnell* in mich hineinzuschütten: Ich muss in jeder freien Minute trainieren. Komasaufen ist schließlich kein Kindergeburtstag. Wenn ich schon auf einer Flatrateparty zwanzig Euro in den Pott werfe, dann soll sich das wenigstens lohnen. Schließlich haben meine Eltern mich nicht umsonst zu einem sparsamen Menschen erzogen. Und ich kenne ja meine Freunde: Wenn die bereit sind, zwanzig Euro in ihr Vergnügen zu investieren, wollen sie auch schnell was davon haben. Möglicherweise stehe ich dann um zehn Uhr abends vor einem bedrückten Kneipenwirt, der mir erklärt, dass seine Getränkevorräte für den Abend schon im Schlund anderer Jugendlicher verschwunden sind. Was für eine dramatische Vorstellung.

Natürlich kenne ich die Gefahren dieser Ex-Trinkerei, ich bin ja nicht doof. Ex-Trinken von sehr viel Alkohol kann das Atemzentrum im Gehirn lähmen. Deshalb achte ich drauf, nie mehr als ein 0,2-Glas Wodka auf einmal runterzukippen, eins nach dem anderen. Andererseits hat Ex-Trinken aber auch einen sehr angenehmen Vorteil: Wer die Brühe im Sprint schluckt, der schmeckt a.) nicht so viel davon und dem droht b.) keine Übelkeit. Kein Witz. Langsames Trinken einer großen Menge von Alkohol fördert die Übelkeit, schnelles Trinken der gleichen Menge verhindert es. Na, da frage ich Sie jetzt mal: Wo würden Sie Ihr Kreuzchen machen, ganz ehrlich?

Schließlich, letzter und nicht von der Hand zu weisender Pluspunkt des schnellen Trinkens: Wir animieren Mädchen, es uns gleich zu tun. Hmmm, werden Sie denken, was ist das für ein merkwürdiges Argument, dann müssen wir den ganzen Wodka oder Whisky ja mit Mädchen teilen? Aber Vorsicht, Denkfehler: Die Frau als solche ist nämlich schneller beschwipst und braucht viel länger, um den Alkohol wieder abzubauen. Heißt: Während wir nach dem ersten Glas Prosecco noch Probleme der Quantenphysik diskutieren, hat unsere Begleiterin schon relativ große Probleme mit den Grundrechenarten. Liegt an Enzymen, die bei Frauen langsamer arbeiten. Die Profis wissen das. Man erkennt sie in Clubs und Bars am Haifischgrinsen und dem ständigen Nachschenken. Und wieder erweist es sich: Mit perfekten Umgangsformen kommt man einfach besser ans Ziel.

Fortschritt

Man muss nicht jede Mode mitmachen, da bin ich ganz bei meinen Eltern. Aber es läuft etwas verkehrt, wenn man es bereits als moderne Lebensart empfindet, hin und wieder mal einen Film auf ProSieben anzuschauen.

Eltern sollten doch eigentlich unsere Vorbilder sein. Aber in der Praxis sieht das ganz anders aus. So teilt meine Mutter beispielsweise meine Begeisterung für das Internet nicht. Das hatte ich ja eingangs schon einmal erwähnt. Sie ist der Meinung, ich könne doch auch etwas für die Schule tun, anstatt mir einen Kinofilm aus dem Netz zu saugen und den anschließend auch noch anzusehen, wie immer das funktioniert. Sie spricht das Wort Internet wie etwas aus, das sie schon mal bei AKTE X gesehen hat: Es klingt sehr geheimnisvoll aus ihrem Mund, irgendwie bedrohlich. Dabei ist es nur das verdammte Internet, um Himmels Willen. Es könnte selbst meiner Mutter helfen, ihr Leben zu ordnen. Aber sie will es nicht kennenlernen. Sie kann einen Rechner anschalten, das ja, und sie kann mailen, okay. Das war's aber auch schon. Meine Mutter ist nicht fähig, einen schönen Blogpost vom Server zu downloaden, diesen via Twitter an Follower zu empfehlen, die alles retweeten und auf diese Weise ein privates Social Network erstellen. Sie kann das nicht nur nicht tun, sie wüsste nicht einmal, wovon ich rede. Meine Mutter artikuliert sich diesbezüglich nur mit einem aussagekräftigen: »Häh?!«

Sie versteht beim Thema Internet nur Bahnhof, als würden sich zwei Penner über ihr Zuhause unterhalten. Das Schlimme: Sie will sich gar nicht informieren. Sie stellt sich stur.

Mein Vater dagegen ist anders. Nicht besser, nur anders. Er hält sich für einen modernen Durchblicker. Von intellektueller Gewalt war dann auch seine Frage, die er mir neulich (2011) stellte:

»Fabian, was ist eigentlich dieses Internetz, von dem man jetzt so viel hört?«

Klar, es wäre prinzipiell möglich, ihm das nun in allen Einzelheiten zu erklären. Aber so demütig bin ich nicht. Das kann niemand von mir erwarten. Wer es schafft, so komplexe Inhalte ausgerechnet meinem Vater nahezubringen, der kriegt es auch fertig, einem Lama den Flohwalzer auf einem Klavier einzubimsen. Ich mache ihm also einen Vorschlag zur Güte: »Google doch einfach.«

Sein Gesichtsausdruck war es wert. (Und Taschengeld kriege ich auch schon in drei Monaten wieder.) Ich muss allerdings zugeben, dass die Ahnungslosigkeit keine Domäne meiner Familienangehörigen ist. Ich wurde vor ein paar Tagen Zeuge einer Unterhaltung, die es meines Erachtens in den »Quatsch Comedy Club« schaffen sollte. Die Szene geht so: Ein

Typ mit einem Käppi (modern), sein Vater mit Kappe (Modell Helmut Schmidt).

»Ey, isch hab neue E-Mail!«

»Von wem?«

»Selbstgemacht, Diggah!«

»Du schickst dir selbst ne Mail?«

»Nein, Diggah. Isch hab neue E-Mail!«

»Eine neue E-Mail in deinem Postfach?«

»Ja, neues Postfach!«

»Ach so, du hast ein neues E-Mail-Postfach?«

»Ja, sag ich doch, Diggah.«

»Und wie lautet die Adresse?«

»Ritterstraße 17, Mann.«

»Nein, ich meine deine E-Mail-Adresse. Die Adresse, bei der deine Mails ankommen.«

»Ja, die kommen bei mir zu Hause an, Diggah.«

Pause. Ungläubiger Blick.

»Ritterstraße 17, ich schwör, Mann.«

Und so weiter.

Wer war wohl bei diesem Dialog der Vater und wer der Sohn?

Und welche Generation gilt landläufig noch mal als die dumme?

Frauentausch (TV)

Kaum eine TV-Sendung ist so prima in der Lage, den Konflikt der Generationen auf den Punkt zu bringen, wie FRAUENTAUSCH. Selbst in unserem Wohnzimmer geht es bei der Ausstrahlung hoch her.

Das Prinzip kennen Sie ja vermutlich: Einmal pro Woche haben sich zwei Frauen aus unserem Völkchen bequatschen lassen, ihr armseliges Leben zu tauschen. Mir ist nicht bekannt, wie viel Schmerzensgeld die unterschiedlichen Parteien dafür einstreichen, doch ich kann Ihnen sagen: Falls meine Mutter sich da mal bewirbt, rufe ich sofort das nächstgelegene Waisenhaus an. Ich werde mir die hobbypsychologischen Ansichten einer Hauptschulverweigerin auf jeden Fall ersparen.

Die Frauen, die beim Tausch mitmachen, lassen meistens Mann, Kinder und Haustiere allein in ihrem Elend zurück und ziehen für sieben Tage in eine andere Stadt – wo das nächste (andere) Elend auf sie wartet. Dort hüpfen sie aus dem Stand in das Leben einer völlig unbekannten Leidensgenossin. Ich nehme an, es *sind* Leidensgenossinnen, denn welcher Mensch mit einem halbwegs schönen Leben ließe sich auf so einen beknackten Deal ein? Ich vermute, die Frauen hoffen darauf, endlich mal etwas anderes zu erleben als ihren saufenden Ehemann im Rippunterhemd und ihre faulen, kiffenden Kinder. Das trifft in der Regel auch zu: Sie dürfen sich nun eine Woche lang um einen *fremden* saufenden Kerl und dessen ebenso degenerierte Brut kümmern. Na ja, immerhin ein wenig Abwechslung im Rahmenprogramm.

Meine Mutter und ich schauen diese Sendung häufig gemeinsam. Zu ihrer Ehrenrettung muss ich sagen, dass wir es *beide* nicht fassen können, wer uns da vorgeführt wird: Wo zum Teufel findet man denn bloß so viele adipöse Trantüten mit Frustfalte überm Kinn – und warum haben diese Elsen alle, wirklich alle, so unförmige Kinder, die man nur an den unterschiedlichen Chipstüten und Ohrstöpseln auseinanderhalten kann? Wir ergötzen uns am turbulenten Sozialleben dieser vertauschten Sippschaften wie Unfallforscher an einer Massenkarambolage auf der Autobahn bei Ferienbeginn.

Wir wissen etwa genau, dass Vater A nur deshalb mit der schnuckeligen Tauschmutter B den wöchentlichen Saunabesuch durchziehen will, damit er mal wieder ein paar fremde Brüste zu sehen bekommt, für die er nicht im Pornokanal bezahlen muss. (Mit dem FRAUENTAUSCH im deutschen Fernsehen wird natürlich vor dem Schlafzimmer Schluss gemacht. Ich nehme an, das ist eine vorläufige Entscheidung, spätestens in zehn Jahren dürfte die Polygamie auch im Vorabendprogramm kein Problem mehr sein, und irgendein Chick, das bei GERMANY'S NEXT TOPMODEL den zweiten Platz gemacht hat, wird die Show vermutlich moderieren.)

Es ist weiterhin unübersehbar, dass die aufgetischten Speisen aus der Mikrowelle selbst in einer Justizvollzugsanstalt einen spontanen Hungerstreik auslösen würden. Und die fette, alterslose Savannah (zwischen dreizehn und einundzwanzig ist bei ihr noch alles möglich, ihre Konturen haben sich längst aufgeweicht) lenkt mit dem halben Kilo Blech im Gesicht nur von ihren eitrigen Pusteln ab. Ich würde vermuten, dass schon der gelegentliche Einsatz von Seife ihr bessere Dienste tun würde, und auch meine Mutter stimmt mir zu. Das ist dann allerdings schon das letzte oder vorletzte Mal pro Folge, dass wir einer Meinung sind. Meistens bewerten wir das, was da zwischen Leihkind und Tauschmutter abläuft, doch eher unterschiedlich.

Stellen Sie sich folgende Situation vor: Yvonne kommt vom Schuleschwänzen nach Hause, begibt sich in die Küche und öffnet sich ein Bier, das sie genüsslich im Wohnzimmer beim Fernsehgucken trinkt. Es läuft RICHTERIN BARBARA SALESCH, verhandelt wird der Fall einer jungen Polin namens Wanda, die sich im Supermarkt am Schnapsregal bedient hat, bevor sie ihrem Hausmeister auf dem Küchentresen in den Schwanz biss.

Auftritt Tauschmutti Nicole. Sie knipst einen ihrer drei verfügbaren Gesichtsausdrücke an: Empörung!

»Jetzt sach aber mal!«

Yvonne antwortet mit dem Autopiloten, ohne den Blick vom Fernseher zu nehmen:

»Watt willste, Alte?«

Nicole schnappt nach dem Bier und schüttet es mit großer Geste in den Ausguss. Das kann Yvonne natürlich nicht auf sich sitzen lassen. Für einen jungen Wal ist sie erstaunlich schnell auf den Beinen. Das anschließende Gebrüll auf beiden Seiten klingt wie ein Geräusch, das ein Esel mit ADS macht, wenn er sich mit sich selbst vergnügt. Schön ist anders.

»Tsss!«, kommentiert meine Mutter diese Schlacht der Primaten. »Wie furchtbar!«

Das ist komisch, denn genau das wollte ich auch gerade sagen. »Unglaublich, oder?«, frage ich. Sie nickt.

»Richtig asozial von der, oder?«

Sie nickt erneut und sagt: »Das fängt ja schon mit dem Schuleschwänzen an …«

»Äh, ich meinte eigentlich die Tauschmutti, nicht Yvonne!«

Schon ist es wieder vorbei mit der innerfamiliären Harmonie vor der Glotze.

»Was soll die arme Frau denn machen, bei diesem hoffnungslosen Gör?«

»Sie könnte zum Beispiel ein bisschen Verständnis dafür aufbringen, dass Yvonne keinen Wert auf ihren Hauptschulabschluss legt, weil ihr damit ohnehin nur eine Lehre als Friseuse blüht. Da kann sie sich doch gleich außerschulisch weiterbilden!«

»Wo denn, in der Kneipe?«

Meine Mutter schüttelt ungläubig den Kopf. Sie findet die Schulpflicht spitze.

»Abschluss ist Abschluss! Ohne Schulabschluss landet die doch ganz schnell in einem billigen Animierschuppen!«

»Mit *dem* Hintern? Niemals. In Tunesien vielleicht!«

»Fabian!«, ruft meine Mutter. »Jetzt bleib aber mal sachlich.«

Ich zucke mit den Schultern. Wie soll ich denn bei so was ruhig bleiben?

»Und was ist mit dem verschwendeten Getränk? Ich krieg schon Ärger, wenn ich deine Linsensuppe nicht aufesse – und die will nicht mal der Hund!«

Meine Mutter schnappt empört nach Luft.

»Das ist doch was völlig anderes!«

»Genau!«, sage ich. »Das ist ein Bier. Hallo? Ein *Bier!* Wie kann diese Irre denn Yvonne einfach das Bier wegnehmen?« Ich schüttele den Kopf und beiße meine Zähne fest zusammen.

»Du findest *wirklich*, dass die Tauschmutter falsch reagiert hat?« Meine Mutter schaut mich mit großen Augen an.

»Ja klar. Yvonne wollte doch nur gemütlich den Nachmittag mit einem lecker Bierchen einläuten. Es handelt sich hier bloß um *ein* Bier! Ich habe Mädchen in der Klasse, die ihr Frühstücksei in Wodka tunken. Mit Bier waschen die sich nicht mal die Füße!«

Meine Mutter versteht diese Argumentation nicht. »Die ist nicht mal achtzehn!«, wirft sie ein.

»Na und? Bin ich doch auch nicht.«

Jetzt ist sie wirklich alarmiert. »Fabian? Verheimlichst du mir etwa was? Hauch mich mal an!«

Ich hauche sie nicht an. Das liegt aber nur an meiner Renitenz und nicht etwa daran, dass mein Atem nach Hefeweizen riechen würde. Das tut er nämlich wirklich nicht. Momentan dürfte eher der Döner mit extra viel Zaziki für 3,99 € die Nase vorn haben – hilft schließlich nichts so gut wie ein gut gewürzter Lammbatzen bei einem Fressflash nach dem Kiffen.

Frauentausch (Privat)

Wenn wir Teenager wirklich so ein krass verrohtes Leben führen würden, wie alle immer behaupten – ich glaube, das würde mich glücklich machen. Leider stimmt nicht mal die Hälfte der Gerüchte.

Jaja, is klar: Die Jugend in der Pornohölle. Neulich war's in der *Bild* wieder zu lesen: »So wild treibt es unsere Jugend!« In diesem – nennen wir es mal – *Artikel*, war zu lesen, dass sich viele Jugendliche am Wochenende zu sogenannten Homepartys treffen, wo sie Alkohol konsumieren, Drogen nehmen und sich anschließend wechselweise miteinander vergnügen. Also, sexuell gesehen. Die tauschen ihre Frauen! Mit dreizehn, vierzehn Jahren! Hammer. Wüsste ich, wo solche Homepartys am Niederrhein stattfinden, ich würde vermutlich sofort umziehen.

In dem Bericht war auch die Rede von zwölfjährigen Mädchen, die es mit drei Typen gleichzeitig treiben, oder einer Mutter, die ihrem elfjährigen Sohn beim Onanieren zuschaut. Ich weiß nicht: In Mönchengladbach kenne ich nicht mal eine Zwölfjährige, die sich vor drei Typen die Bluse ausziehen würde. Und wenn *ich* onaniere, dann mache ich das Licht aus, damit ich mir dieses Gefrickel nicht mal selbst mit ansehen muss. Echt Porno, also wirklich.

Ich frage mich immer, woher die öffentliche Meinung ihre Informationen hat. Setzt sie ein paar Jugendliche aus Neukölln oder einem Edelinternat in der Schweiz unter Drogen und notiert dann fleißig, was sie alles zum Besten geben? So phantastisch klingen diese wilden Geschichten jedenfalls für mich und alle meine Freunde, und wir sind schließlich die Generation, für die dieser Wahnsinn angeblich zum Alltag gehört:

Eine Tochter feiert gemeinsam mit ihrer Mutter und zwei Klassenkameraden eine Orgie mit Partnertausch? Ein Junge traut sich nicht mehr nach Hause, weil seine Mutter dort mit ständig wechselnden Partnern Sex vor seinen Augen hat?

Häh? Das haben wir zwar alles schon mal so oder ähnlich in AMERICAN PIE Teil 1–7 gesehen, aber außerhalb Hollywoods sind solche Machenschaften keinem von uns bekannt. Nicht mal Teile davon. Verehrte Leserschaft, glauben Sie einfach nicht alles, was Sie so über uns lesen. Meine Lieblingsgeschichte in diesem Zusammenhang ist übrigens folgende:

Eine Mutter verkuppelte ihre zwölfjährige Tochter mit einem Vierzigjährigen. Beide fanden es cool, dass er ein Auto besaß. Zum Teil war die Mutter bei den Sexspielen dabei und gab ihrer Tochter Tipps, um Männer länger bei Laune zu halten.

Zusammen mit meinen Freunden Tim, Ricky und Matthias saßen wir bei einer Cola light im Graefen lange zusammen und haben uns köstlich amüsiert: In welchen Zusammenhängen müssen Mutter und Tochter denn leben, wenn ihnen schon der Besitz eines Automobils wie ein Geschenk des Himmels vorkommt? Auf dem Mond? In einem bulgarischen Bergdorf? In Niederbayern? Und über was für ein Auto reden wir hier eigentlich? Die interessanteste Frage aber lautete: Was sind das wohl für geheimnisvolle Tipps, die *Männer länger bei Laune halten* können? Da gingen die Meinungen weit auseinander. Ehrlich gesagt reicht es uns doch schon, wenn Ashley und ihre Freundinnen beim Völkerball in der Schule keinen BH tragen, um uns bei Laune zu halten. So viel zu unserer pornographischen Verrohung.

Der einzige Sextrend, der wirklich den Weg aus den USA bis nach Mönchengladbach an *meine* Schule fand, nennt sich übrigens *True Love Waits*. Das *klingt* nicht nur grenzwertig. Dieser kranke Scheiß macht sich für die totale Keuschheit vor der Ehe stark und verbietet seinen Anhängern auch noch das kleinste erotische Scharmützel. *Darüber* sollte man mal schreiben, wenn man mit der Jugend von heute abrechnet. Kein Wunder, dass jetzt schon Siebzehnjährige nach Las Vegas abhauen, um dort schnell zu heiraten.

Handwerk, gutes

Früher hieß es: Lerne ein Handwerk, und du bist ein gemachter Mann. Und auch heute noch ist das gute alte Handwerk bei der männlichen Jugend hoch im Kurs.

Viele ältere Menschen behaupten, die Jugend habe ein gestörtes Verhältnis zur Sexualität, siehe auch: *Frauentausch II (Privat)*. Die Wahrheit aber ist: Wir hätten gern *überhaupt* ein Verhältnis zur Sexualität. Was uns da täglich in den Medien und von unseren vermeintlichen Vorbildern an blasser Theorie angeboten wird, funktioniert nämlich leider in der Praxis null. Glaube ich meinem Vater und seinen Freunden, dann mussten sie damals im Tanzclub nur auftauchen, und schon standen eine Reihe bildhübscher, junger Damen bereit, ihnen jeden Wunsch von den Augen abzulesen. Wenn ich dagegen heutzutage ein Mädchen anspreche in der Hoffnung, dass sie hinterher mit mir nach Hause geht und ich sie dort hart rannehmen darf, gibt es genau drei Möglichkeiten. A: Sie lacht mich aus. B: Sie sagt: »Zieh Leine, Fabian, Papa hat mir erlaubt, heute länger im Club zu bleiben«, oder C: »Kostet fünfzig Euro – haste dein Taschengeld gespart, Kleiner?«

Das sind demoralisierende Erfahrungen, die so ein Teenager wie ich in Sachen Erotik zu verarbeiten hat, bevor er dann endlich irgendwann einmal randarf. Mit Mitschülerinnen läuft außer einem Griff knapp überm Arschgeweih beim Tanzkränzchen gar nichts: Sex bekommt man einfach nicht von einer Vierzehnjährigen, wenn man ein bisschen auf das Niveau seiner Partnerin achtet.

Das Magnus-Hirschfeld-Archiv für Sexualwissenschaft hat in seiner Untersuchung zum »Sexualverhalten Jugendlicher« eine beinharte Entdeckung gemacht. Die möchte ich Ihnen nicht vorenthalten. Und ich möchte vorausschicken: Das sind ab jetzt meine Lieblingswissenschaftler.

Unglücklicherweise werden junge Menschen in unserer Gesellschaft in ihren sexuellen Möglichkeiten erheblich eingeschränkt. Den meisten Jugendlichen ist es infolge sozialer und religiöser Tabus kaum möglich, Geschlechtsverkehr mit einem Partner des anderen Geschlechts zu haben. Selbst wenn sie einen solchen Partner finden, müssen sie sich meist auf Petting beschränken, das heißt auf sexuellen Kontakt, der kurz vor dem Koitus endet. Die hauptsächliche Möglichkeit zu sexueller Betätigung ist für die große Mehrheit der Heranwachsenden, allein zu masturbieren, wobei Jungen gelegentlich auch gemeinsam in kleinen Gruppen masturbieren. In seltenen Fällen haben Jungen, die auf dem Lande leben, auch sexuellen Kontakt mit Tieren.

Vergessen Sie das mit den Tieren. Ich finde unseren Hund nicht mal ansatzweise attraktiv! Auch das mit den »kleinen Gruppen« ist Käse. In Mönchengladbach würde man schon auf der Stelle füsiliert, wenn man sich nur gemeinsam einen *Playboy* reinziehen würde. Der Rest aber ist die ungeschminkte Wahrheit. Wir sind darauf angewiesen, an uns selbst herumzuspielen, um erste sexuelle Erfahrungen zu machen. Und da tröstet es auch nicht, dass Woody Allen mal gesagt hat, Masturbation sei immerhin Sex mit jemandem, den man liebt. Ich würde viel lieber Sex haben mit meinen Mitschülerinnen, auch wenn ich die im Grunde nicht leiden kann. (Aber Brüste haben die, meine Güte!) Ich muss ja schon froh sein, wenn sich auf einer Party hin und wieder eine küssen lässt, die beschwipst (oder hässlich) genug dafür ist. Um sie *näher* kennenzulernen, ziehe ich mich dann später allein mit einer Handvoll Seife in mein Kämmerchen zurück und stelle mir vor, wie schön das alles geworden wäre mit uns beiden – und wie schmutzig! Das gute alte Handwerk also. Wer hätte gedacht, dass es bei uns Jugendlichen noch immer so populär ist?

Heimspiel

Okay, möglicherweise meinen Sie es gut. Aber Sie machen es nicht gut. Wenn Ihr Sohn mit einem Mädchen nach Hause kommt, dann seien Sie nicht nett, freundlich oder zuvorkommend. Lösen Sie sich in Luft auf, das ist das Beste, was Sie tun können!

Neulich hatte ich ein Date! Was grinsen Sie denn jetzt so dämlich? Wenn Jesus übers Wasser laufen kann, dann werde *ich* doch wohl auch ein Mädchen dazu bewegen können, mit mir auszugehen? Na ja, es war nicht direkt *ausgehen*. Ich hatte Sophie zufällig nach der Schule getroffen, wir wechselten ein paar Worte, sie lachte an der richtigen Stelle über einen meiner Gags, eins kam zum anderen: Schließlich habe ich sie gefragt, ob sie nicht noch mit zu mir kommen will. Ganz ohne Hintergedanken. Musik hören. Hey, es war früher Nachmittag, mit dieser Einladung war ich noch lange nicht im Zuständigkeitsbereich von *Tausendundeiner Nacht* gelandet. Aber es war ein Anfang.

Noch kurz das Wichtigste zu meinem Gast: Sophie, eins vierundsechzig, üppige Brüste, geiler Hintern, lange, braune Haare, Narbe auf der Stirn. Mit anderen Worten: verdammt heiß. Und nicht verdammt heiß für *meine* Verhältnisse, nein: verdammt heiß für *alle* Verhältnisse. Die perfekte Mischung aus süß und scharf, was will man mehr? In Gedanken küsste ich sie schon am ganzen Körper, ich war kurz davor, mir sogar ein wenig *dry humping* vorzustellen, ein Wunder, dass ich nebenbei überhaupt noch reden konnte. Ich erzählte Sophie aus meinem ereignisreichen Leben, die ganz bescheidene Version natürlich. Von breitschultrigen Typen, die ich vermöbeln musste, von den zahlreichen lästigen Mädchen, die mich ständig angraben würden, und meinen Plänen, mit achtzehn entweder zur ESA zu gehen, um Astronaut zu werden, oder ersatzweise eine Karriere als DJ in New York anzustreben. Was man halt so erzählt, wenn größere Teile des eigenen Blutreservoirs sich prophylaktisch schon mal aus den Hirnregionen verabschiedet haben. Beiläufig erwähnte ich noch, dass dieses Gerücht in der Schule, ich sei im Besitz der Goldedition von UPPS! DIE PANNENSHOW natürlich *nicht* stimmt. Ich bin doch kein Spacken.

Alles lief prima, sie spielte mit ihren Haaren und befeuchtete ihre Lippen. Das wird einfach, dachte ich. Ich wagte es sogar schon, ein paar zweideutige Bemerkungen über das Flötenspiel und Dinge, die zu groß für *einen* Mund sind, zu machen, da standen wir auch schon vor unserer Haustür. Ich zückte den Schlüssel und führte ihn langsam ins Schlüsselloch ein, als meine Mutter bereits von innen die Tür aufriss. Woher weiß die, dass ich komme und nicht alleine bin? Spioniert die Frau für Russland?

»Hallo Fabian! Wie war's in der Schule?«, fragte sie

mich mit einem Lächeln, das breiter war als Bob Marley in seinen »No Woman No Cry«-Zeiten.

»Hast du was gelernt? Übrigens, du hast Post. Hast du Hunger?« Unerklärlich, wie man so viele Themen so schnell so sinnlos aneinanderreihen kann. Antworten sind im Prinzip überflüssig und so beschränkte ich mich aufs Wesentliche.

»War gut. Das ist Sophie.«

»Hallo, ich bin Fabians Mutter, du kannst ruhig du zu mir sagen. Habt ihr zwei Hunger?« Ihr eingemeißeltes Lächeln musste sie von einem Agitprop-Poster aus Nordkorea abgeschaut haben.

»Nein«, antwortete ich, »und wir haben auch keinen Durst!«

Ich hoffte, sie hätte die Botschaft verstanden. Aber wir reden hier von meiner *Mutter*. Die versteht meine Botschaften normalerweise nicht mal, wenn ich sie ihr mit einem Megaphon ins Ohr plärre. Warum sollte sie auch: Sie ist ja aus biologischen Gründen eine Nervensäge. Erstes Naturgesetz für Eltern: Macht euren Kindern das Leben zur Hölle. Darin ist meine Mutter besonders gut. Ich könnte das hübscheste, netteste und beliebteste Mädchen mit dem knackigsten Arsch der ganzen Stadt aus dem Club mit nach Hause bringen: Meine Mutter wird unbedingt vor ihr loswerden wollen, dass ich im Alter von drei Jahren »soooo süß in die Badewanne gekackt« habe. Ich weiß also aus Erfahrung (als ich mal eine der deutlich weniger hübschen und heißen Mitschülerinnen nach Hause schleppte), dass ich mich beim ersten Date quasi überall mit meiner Zielperson treffen könnte, was den Fußpfleger oder eine Suchtberatungsstelle explizit mit einschließt. Bloß zu mir nach Hause sollte ich das arme Mädchen nicht einladen.

Dazu ist es nun für Sophie zu spät. Es ist ja auch gar kein richtiges Date. Irgendwie. Allerdings weiß ich selbst nicht mehr so ganz genau, worin jetzt eigentlich der Unterschied besteht. Gut, sie ist mir spontan am helllichten Tag aus der Schule gefolgt. Aber meine Erwartungen an einen solchen Glücksfall unterscheiden sich, sofern wir es allein in mein Zimmer schaffen, auch nicht sonderlich von denen einer Abendveranstaltung: Ich würde Sophie erst mal leidenschaftlich küssen wollen und dann weitersehen. Und Kondome habe ich schon seit dem elften Lebensjahr in meinem Schreibtisch versteckt. (Immer noch dieselben. Ich habe sie richtig lieb gewonnen. Manchmal spiele ich sogar ein bisschen mit ihnen und gebe ihnen Namen.)

Endlich allein im Zimmer. Ich setzte mich auf mein Bett und deutete Sophie an, sie solle sich neben mich hinpflanzen. Ein paar Minuten verbrachten wir in einer unbequemen Sitzliegehaltung, bevor sich mein Kopf ganz langsam in ihre Richtung drehte. Wir kamen uns näher, schlossen die Augen und warteten darauf, dass unsere Lippen sich berührten. Verdammt, waren *das* weiche Lippen! Der Moment war perfekt. Wir küssten uns, das Kondom lag griffbereit, ich war rasiert, ruhige Musik rieselte sanft aus meiner Anlage, meine Mutter klopfte an die Tür, und die Vögel ... Moment mal: *Meine Mutter?* Verdammt! Wir schreckten auf. Eine Sekunde später bollerte die Tür auf, und die Stimme des Teufels ertönte:

»Ich habe euch ein paar Schnittchen gemacht.«

Wollte diese Frau mein Leben zerstören? Nicht nur, dass sie gerne mal Socken in Aubergine und Pink aus der Stadt für mich mitbrachte – sie versaute mir gerade auch noch eine heiße Nummer mit der größten Trophäe der ganzen Schule.

»Wir haben doch gesagt, wir *haben* keinen Hunger«, blaffte ich sie an. Doch meine Mutter stellte sich taub. Sie ist in diesen Momenten so von der Rechtschaffenheit ihrer Motive beseelt, dass ich sie nur mit Mühe davon abhalten kann, Sophie die Füße zu waschen oder sonst etwas Peinliches zu tun, das ihre Stimmungslage auf den Punkt bringt.

»Nicht, dass ihr mir hier noch vom Fleisch fallt, oder?«, plapperte sie so vor sich hin, schon war sie beim nächsten Thema: »Uh, hier müffelt es aber. Ich öffne mal ein Fenster.«

Sie ging zum Fenster, während ich rot anlief vor unterdrückter Aggression. Ich dachte: Wenn diese Frau nicht gleich mein Zimmer verlässt, implodiere ich noch. Und das wird kein schöner Anblick sein.

»Ach ja, Fabian? Ich habe deine gerippten Unterhosen gewaschen. War eine ziemliche Sauerei, übrigens. Vielleicht sollte ich mal die Klopapiermarke wechseln?«

Das war jetzt wirklich peinlich. Megapeinlich. Vor Sophie würde ich abstreiten, so etwas wie eine gerippte Unterhose überhaupt zu besitzen, und dann noch eine braun gestreifte? *Never ever!* Sophie schien jetzt auch schon ein wenig angeschlagen. Von erotischer Aufladung keine Spur mehr. Sie verschränkte ihre Arme hinter dem Kopf und schaute gelangweilt an die Zimmerdecke. Zu sehen dort: funkelnde Sternchen. Auch nicht mehr der Hit, wenn man das zwölfte Lebensjahr geschafft hat. Mir war in diesem Moment klar, dass es nicht leicht werden würde, das Steuer noch einmal herumzureißen.

»Würdest du jetzt bitte gehen, Mama?« Einen Versuch war ich mir immerhin noch schuldig.

»Ja, gleich.« Sie zwinkerte mir auffällig zu, als wäre sie ein Kumpel, der mich an meine Pflicht als Mann erinnerte: »Los, pack sie dir!«

Das *würde* ich ja gerne, bedeutete ich ihr telepathisch, und wenn du nicht im falschen Moment hier reingestürmt wärst, dann schrie das geile Weib jetzt vermutlich schon meinen Namen!

»Fabian«, sagt das geile Weib, kaum dass meine Mutter das Zimmer verlassen hat, »ich muss jetzt abhauen. Hab noch Fahrschule.«

Wortlos packte sie ihre Handtasche, drehte sich aber an der Tür noch einmal zu mir hin. Will sie doch noch weiterküssen? Ganz kalt.

»Ich finde alleine raus.«

Das war kein harmloser Abschied, dieses Mädchen befand sich auf der Flucht. Ich fasste es nicht. Meine Mutter hatte es wirklich versaut: Neugier in Tateinheit mit Gutmenschengehabe und distanzloser Übergriffigkeit hatten verhindert, dass ich eine schöne Erinnerung für mein weiteres Leben aufbauen konnte. Fast hätte ich mir aus Verzweiflung auf La Katzenberger einen runtergeholt, wo ich schon mal mit einem Ständer auf dem Bett lag. Doch so geistig umnachtet und moralisch zerrüttet war ich noch nicht. Aber ich dachte über die Möglichkeit nach, als meine Mutter schon wieder ins Zimmer stürmte.

»Mensch, Fabian, warum ist das nette Mädchen denn jetzt so früh wieder gegangen?«, erkundigte sie sich und schaute mich an, als ob sie wirklich eine Antwort erwarten würde.

Man soll seine Eltern ehren und auf keinen Fall gegen sie handgreiflich werden, selbst wenn man vor Gericht mit Notwehr davonkommen würde. Das weiß ich natürlich und respektiere das. Aber diesmal war's wirklich ganz knapp.

Die 20 nervigsten Elternsprüche

1. »Solange du deine Füße unter meinen Tisch stellst ...«

Ein beliebter Klassiker. Daran habe ich mich mal beim Abendessen orientiert. Da hieß es dann aber sofort wieder: »Füße vom Tisch!«

Die kann man aber auch echt nicht zufriedenstellen. Wie in meinem Biotest: Alles ist falsch. Putzt man freiwillig die Toilette, heißt es, man habe nicht sauber gearbeitet. Geht man, ohne gefragt zu werden, mit dem Hund, motzt mein Vater, dass fünf Minuten zu kurz seien. Räumt man aus eigenen Stücken die Spülmaschine ein, heißt es: »Da war doch sauberes Geschirr drin, du Ferkel!« Verstehen Sie das Prinzip?

2. »Ich zähl jetzt bis drei ...«

Ziemlich lächerlicher Einschüchterungsversuch. Soviel ich weiß, verfügt meine Mutter nicht über eine atomare Bewaffnung. Da kann sie noch so dramatisch von *drei* runterzählen ... Oder einen Zwischenstopp *einhalb* einbauen, wenn sie bemerkt, dass ich sie cool ignoriere. Und *was* bitte soll passieren, wenn sie bei drei beziehungsweise null angekommen ist? Streicht sie mir dann mein Taschengeld? Ich weiß doch eh, wo sie es aufbewahrt.

3. »Räum endlich mal dein Zimmer auf!«

Häh? Schon mal was von Sisyphos gehört? Außerdem *ist* mein Zimmer aufgeräumt. Man muss die Strukturen dahinter nur dechiffrieren können. Wenn ich etwas suche, weiß ich: Es liegt auf dem Boden! Und nicht etwa in Schublade vier, zwischen der Schreibtischlampe, dem Abiturvorbereitungsbogen für die gymnasiale Oberstufe und dem Tacker. Zudem bin ich der Ansicht: »Das ist keine Unordnung – das ist ein alternatives Ablagesystem!«

4. »Hab Spaß und trink nicht zu viel.«

Ja, was denn nun? Du musst dich schon entscheiden.

5. »Was hast du in der Schule so gelernt?«

Was für eine bekloppte Frage. Die einzig mögliche Antwort lautet natürlich: »Wir haben die Gleichung einer Tangente an einem Kreis K mit dem Radius $\sqrt{7}$ und dem Mittelpunkt P(-6 | 3) aus der Kreisgleichung abgeleitet und damit die senkrecht zum Radius verlaufende Gerade t vom Kreis K berechnet. Für mein weiteres Leben war leider wieder nichts Sinnvolles dabei.«

6. »Um Punkt zwölf bist du zu Hause!«

Äh, da schlaft ihr doch eh schon seit Stunden? Solange ich nicht volle Möhre gegen den Schuhschrank stoße und damit Mutter, Vater und Hund wecke, wird nie einer meiner Erziehungsberechtigten wissen, wann ich tatsächlich nach Hause gekommen bin. Auch wenn sie sich ganz verwegen vornehmen, dieses Mal auf *jeden Fall* wach zu bleiben, um mich auf frischer Tat zu ertappen. Die peinliche Wahrheit ist: Sie halten meistens nicht mal so lange aus, bis der Mörder vom TATORT enttarnt wurde.

7. »Pass auf dich auf!«

Ein Glück, dass mir das immer wieder mit auf den Weg gegeben wird. Sonst würde ich doch ganz sicher mit einem Kleinganoven eine Runde pokern und mich anschließend im Elefantentanga von unserem pädophilen Pastor nach Hause fahren lassen. Danke Mama, danke Papa!

8. »Ich habe dir schon hundertmal gesagt …«

… und mir war es schon hundertmal egal. Wann gebt ihr auf?

9. »Hör auf, die Katze zu penetrieren!«

Seien wir mal ehrlich: Diesen Satz kennen wir doch alle, oder? Äh, Sie nicht? Ich schon. Das liegt aber nur daran, dass meine Mutter manchmal Probleme mit Fremdwörtern hat.

10. »Onanieren macht blind!«

Sagt mein Vater. 8,5 Dioptrien auf beiden Augen. Noch Fragen?

11. »Solange du in meinem Haus wohnst, hast du zu tun, was ich sage!«

Okay, darauf können wir uns verständigen. Sag mir in etwa fünfzehn bis zwanzig Jahren einfach Bescheid, wenn das Haus nicht mehr der Bank gehört.

12. »So kannst du mit deinen Freunden umspringen, aber nicht mit mir!«

Äh, mal ganz ehrlich: Wieso sollte ich meine Freunde »alter Sack« nennen?

13. »Früher oder später merke ich sowieso immer, wenn du mich angelogen hast.«

Oh, träum weiter, Muddi. Das Geld neulich habe ich *nicht* auf der Straße gefunden. Weißt du übrigens noch, dass ich keine Ahnung hatte, wie der Turnschuh in unserem Porzellanschrank landete? Gut, *wissen* tu ich es wirklich nicht, aber ich vermute, dass eine exzessive Party mit fünfzig meiner besten Freunde während eures Urlaubs dran schuld sein könnte. Und glaub mir, ich habe *doch* Hausaufgaben auf und stinke nicht nach Zigaretten, weil »meine Freunde geraucht haben«. Tja, und deine Brunner & Brunner CD ist nicht plötzlich und zufällig verschwunden. Merkste was?

14. »Denk dran, wer dich aus dem Leib gepresst und aufgezogen hat!«

Ich denke an nichts anderes! Und, ehrlich gesagt, wundert es mich unter diesen Umständen nicht nur, dass ich so bin, wie ich bin, sondern vor allem, dass ich noch auf freiem Fuß lebe.

15. »Wenn alle aus dem Fenster springen würden, würdest du das dann auch machen?«

Es sind noch *nie* alle aus dem Fenster gesprungen, und das wird auch nicht passieren. Und wenn alle eine Sechs in Mathe haben und ich eine Vier, dann ergibt der Vergleich noch weniger Sinn!

16. »Hier sieht's ja aus, als hätte eine Bombe eingeschlagen.«

Ich bin jetzt kein Bombenexperte, aber ich denke, dass die Joghurtbecher neben den Socken und dem halben Hähnchen von vorgestern bei einem echten Bombeneinschlag sicher nicht mehr da liegen würden.

17. »Seit wann heißt du alle?«

Ohne Kommentar.

18. »Alle Kinder helfen ihren Eltern im Haushalt!«

Seit wann heiß ich alle?

19. »Hab ich Taxi auf der Stirn stehen?«

Irgendwann schreib ich meiner Mutter nachts unter Einfluss von Drogen das Wort *Taxi* auf die Stirn. Der Gag ist mir den Aufwand wert. Dabei sollte sie mich doch einfach bloß zum Nachbarn fahren.

20. »Wer feiern kann, kann auch früh aufstehen.«

Das ergibt genauso viel Sinn wie: »Wer nüchtern ist, kann auch Spaß haben.« Nämlich gar keinen.

Hormone

Jaja, schon klar: Bei pubertierenden Jungs geht's den ganzen Tag nur um Sex. Aber wieso sollten wir uns deshalb schämen? Das ist unsere Natur: Mit zwanzig Jahren erreichen wir bereits den Höhepunkt unserer sexuellen Leistungsfähigkeit - wir haben einfach keine Zeit zu verlieren!

Manchmal ist es mir ja auch peinlich, dass ich den ganzen Tag an unbekleidete Schauspielerinnen, Models und Mitschülerinnen denke. Ich frage mich zuweilen, warum ich diese Energie nicht einfach umleiten kann. In ein vitales Interesse für Mathematik zum Beispiel oder wenigstens in einen Nebenjob, der meinen ausschweifenden Lebensstil finanzieren würde. Leider ist das nicht möglich. Mein Mathelehrer malt ein Trapez an die Tafel, ich sehe eine weibliche Pussy. Mein Deutschlehrer erklärt mir die Romantik, während sich mein romantischster Gedanke in dieser Schulstunde darum dreht, die Brüste meiner Kurskollegin Anna in einem Blumengarten auszupacken. Ich kann doch auch nichts dafür, dass ich so unter meinem frisch angelegten Hormonreservoir leide, angekreuzt habe ich es schließlich nicht. Aber in der Pubertät denken Jungs nun eben mal an Sex, und das hat die Evolution auch so geplant: Eigentlich lautet unser Auftrag ja schon in jungen Jahren, unseren Samen in der Welt zu verstreuen, in der Hoffnung, dass der Planet nicht ausstirbt. Mit zwanzig Jahren stehen wir in der Blüte unserer Leistungskraft, das kann man jedenfalls überall nachlesen. Danach geht's bergab. Zeit haben wir also keine zu verlieren. Leider ist das Bedürfnis, mit jungen Frauen zu verkehren, deutlich ausgeprägter als die Fähigkeit, ebenjene von unseren Reizen zu überzeugen. In Sachen Verführung sind wir Praktikanten, maximal Auszubildende. (Was nicht bedeutet, dass ich gar keine Weiber abkriege – so ein gewisser *Fame* bringt gewisse Ergebnisse. Nach oben bleibt die Grenze jedoch offen.) Manches Gesellenstück liegt noch in irgendeinem Jugendzimmer herum und hat Ponyposter an der Wand. Wir müssen uns einfach noch ein wenig gedulden, bis es so richtig losgeht – und so lange dürfen wir nur gucken, nicht anfassen.

Im Frühling ist es für halbwüchsige Jungs wie mich besonders schlimm. Abgesehen von meinen erotisch aufgeladenen Klassenkameradinnen lauert die Versuchung beinahe überall. Ich brauche nur nach dem Unterricht durch die Fußgängerzone unserer kleinen Stadt zu flanieren, schon bin ich auf *stand by* gepolt, was die Durchblutung meines Gehirns betrifft. Draußen ist es aber auch zuuu schön: Es sommert so ein bisschen, die ersten Cafés haben Stühle draußen, Männer tragen keine Socken, mittelalte Damen präsentieren ihre neue Freizeitkleidung. Dann sehe ich sie. Jung, vielleicht zwanzig. Sie hat dunkles Haar und flaniert auf hohen Stöckelschuhen an mir vorbei. Darüber trägt sie, von unten nach oben: Bein ... Bein ... Bein ... Stofffetzen ... Bauch ... Bauch ... Brüs... ach, das war jetzt knapp ... Stofffetzen ... Ausschnitt ... Ausschnitt ... Sonnenbrille. Puh. Das war ein schwerer Aufstieg. Mir schwindelt, ich muss mich abstützen und drehe mich zwecks Reizreduzierung stumpf zur Wand ab. Krass, Alter. Was war das denn?

Kaum habe ich in gebückter Haltung zwei Minuten über das Naturphänomen Bindegewebe nachgedacht und den unkontrollierbaren Reiz, den es auf mich ausübt, da tippt mir sanft eine junge Frau in Hot Pants und einem weißen eng anliegenden T-Shirt auf die Schulter. Auf ihrem T-Shirt prangt das Logo einer Zigarettenmarke.

»Geht's dir nicht gut?«, fragt die Nikotinfachfrau und hält mir eine Dreierpackung ihres Arbeitgebers unter die Nase. Ich nehme ihre solariumgebräunten Beine (lang!) in Augenschein und seufze gepeinigt. Wenn ich mir das noch zwei Minuten aus so kurzer Entfernung anschauen muss, kollabiere ich. Aus Notwehr schiebe ich das Hot-Pants-Girl zur Seite und schleppe mich gebeugt in ein Straßenrestaurant. Vielleicht komme ich hier zur Ruhe. Ich bestelle einen Caffè con latte und setze mich aufrecht hin, in der gebückten Grumpf-Haltung ist es längst viel zu eng in meiner Hose geworden. Doch in den folgenden Minuten bessert sich die Lage nicht entscheidend: Das pure Vergnügen paradiert an mir vorüber.

Frauen mit keck wippenden Brüsten unter orangefarbenen Pulliresten, Frauen ohne Büstenhalter in weißen T-Shirts, Frauen mit braunen Bäuchen und gepiercten Bauchnabeln, Frauen mit einem Tick zu kurz abgeschnittenen Blue Jeans, Frauen in Lederminis, Frauen in wirklich sehr kurzen Lederminis, Frauen in Lederarmbändern (nicht am Arm), Frauen, Frauen, Frauen! Ein schöner Anblick, das bestreitet niemand, aber auch eine arge Qual: Wieso kenne ich keine dieser Frauen persönlich? Wieso wollen sie ihr letztes bisschen Verhüllung nicht auch noch vor mir ablegen, möglichst sofort, gleich da hinten in der Grünanlage, scheiß auf die Zivilisation ... Ich dampfe in der Mönchengladbacher Fußgängerzone wie ein Teekessel. Gleich werde ich explodieren, ich spüre es. Wenn mein Taschengeld nur reichen würde, mal bei einer Prostituierten vorbeizuschauen, jetzt ist der Moment, da ich es tun würde! Es ist scheiße, jung und mittellos zu sein. Nicht zum ersten Mal, dass mir dieser Gedanke durch den Kopf schießt.

»Noch einen Wunsch, der Herr?«

Die Kellnerin, Typ Chefsekretärin auf dem zweiten Bildungsweg, beugt sich zu mir hinunter und streicht die Tischdecke glatt. Dabei fällt ihre Bluse weit nach vorn, was mir die Aussicht auf ein interessantes Dekolleté ermöglicht. Ich nehme ihr Angebot gerne an, Busen ist Busen, besser eine Chefsekretärin in Nahaufnahme als eine langbeinige Halbwüchsige mit Mini im Weitwinkel. Leider verliere ich bei dieser schönen Aussicht das Gefühl für Maß und Zeit. Erst nach rund dreißig Sekunden wird mir bewusst, dass meine hübsche Dienstleisterin auf eine Bestellung von mir wartet. Widerwillig hebe ich den Blick. Die Dame schaut mir ruhig in die Augen. »Na, genug gesehen?«, fragt sie mit der amüsierten Milde einer Therapeutin, die mit einem neunzehnjährigen Bettnässer über die Vorzüge eines Wasserklosetts verhandelt. Ist das peinlich? Das *ist* peinlich. Mir jedenfalls. Das unterscheidet den Affen vom Menschen: Der Affe hätte sich sicher beim Spannen nicht so plump angestellt. Ich sammele meine letzten Kräfte, schnappe mir die Getränkekarte, lege sie vor meiner Kellnerin auf den Tisch und sage: »Sie können das fürs Erste wieder einpacken. Ihr Angebot hat mich nicht überzeugt.« Daraufhin stehe ich auf und mache, dass ich wegkomme. Die Kellnerin wirft mir einen belustigten Blick zu, bevor ich aus ihrem Servicebereich fliehen kann. Ich habe mir fest vorgenommen, an einem regnerischen Tag noch mal hinzugehen und mich von ihren Brüsten nicht aus dem Konzept bringen zu lassen. Das würde der Tag werden, an dem ich offiziell erwachsen bin.

Internet

Nicht alle machen den Fortschritt mit. In meiner Familie ist der Kulturpessimismus zu Hause. Vor allem, was dieses Internetz angeht.

Mein Vater wohnt nicht nur hinter dem Mond, ich glaube, der wohnt mental irgendwo hinter Cottbus. Der weiß nicht mal, was Internet ist. Ernsthaft. Einmal hat er mich gefragt, was das wohl sei. Internetz. Wo man doch neuerdings so viel davon höre. Ob er da auch bei mitmachen solle, und wo man sich das bestellen kann. Ich war natürlich viel zu faul, ihm das alles zu erklären. Das ist ja auch sehr komplex. Ich meine, wo muss man da denn bei ihm anfangen? Bei der Erfindung des Buchdrucks womöglich.

Wobei ich auch sagen muss: Ich habe selbst so ein paar Differenzen mit dem Internet. Ich mag es einfach nicht so. Zukunft hin oder her: Es geht mir auf den Sack. Alles kann man im Internet finden. Alles. Restlos alles! Man findet Frauen, die sich gegenseitig in den Mund kacken, oder die 2.500 peinlichsten Eigentore der rumänischen Bundesliga. Aber meine Französischhausaufgaben? Keine Spur.

Tja, meine Familie hat es nicht so mit dem Internet. Dabei hätten wir den Input eigentlich nötig, denn wir leben ja so halb auf dem Land. Meine Mutter sagt immer: »Was gibt es Schöneres, als auf dem Land aufzuwachsen?«

In der Stadt aufzuwachsen, zum Beispiel! Wenn du in der Stadt groß wirst, dann führt man dich schon als Halbwüchsigen zwangsläufig an die neuen Technologien heran. Du kannst zum Beispiel im Internetcafé deinen ersten Rechner klauen, da holt so ein Bauernjunge vom Land seinen Apple noch beim Nachbarn vom Baum. Das muss man sich mal vorstellen. Unter diesen Umständen ist es doch klar, dass ich vom technologischen Standpunkt aus etwas zurückgeblieben bin. Zum Glück fällt das in unserer Familie keinem auf. Man muss sich mein Leben hier drin so vorstellen, als sei ich ein VW Jetta, der mit ein paar Hollandrädern zusammengepfercht worden ist. Aber ich beklage mich nicht. Solange ich weiß, wie ich YouPorn und spickmich.de - die definitive Plattform zum Lehrerdissen - aufrufen kann, ist mein Leben ausgefüllt.

iPhone

Ich habe immer die aktuellste Version am Start, natürlich in Weiß. Ehrensache, wegen Style. Kommt gut bei Weibern. (Danke an Sie dafür, dass Sie mein Hobby durch den Kauf dieses Buches so tatkräftig unterstützen!)

Manche Regeln in der Schule halte ich für völligen Schwachsinn. Die Trennung von Müll etwa (siehe Kapitel »Mülltrennung«), das Verbot, obszöne Videos in der Schulbibliothek anzugucken oder auch die Benutzung von Handys im Unterricht.

Man will uns ernsthaft einbimsen, dass ein kurzer Blick auf die Uhr, um zu checken, wie lange der schwitzende Heini da vorne noch monologisiert, den normalen Unterrichtsablauf wesentlich beeinträchtigt. Wieso das so sein soll, kann uns niemand präzise beantworten. Doch auch sinnlose Gesetze wie die von unserer Schule selbst entwickelten werden hier eifrig geahndet. Bis zu einer Woche Handyurlaub kostet ein solches Vergehen in der Regel schon bei meinen *normalen* Lehrern. Noch derber allerdings ist mein Philosophielehrer. Ich darf aus rechtlichen Gründen natürlich nicht sagen, wie er heißt, was schade ist, denn dieser Herr Keulm*nn hätte es echt verdient, hier mal an den Pranger gestellt zu werden.

Schließlich hat dieser verbeamtete Feingeist mein

teures iPhone (inklusive kostbarer Internetflat, sorgfältig ausgewählter Gratis-Apps, auf Aftershowpartys gesammelter Nummern von Promis und der audiovisuellen Grundlage meines Sexuallebens) gleich für drei (!) Wochen eingesackt. *Drei Wochen!* Weil ich eine SMS in seinem mies konzipierten Unterricht geschrieben habe! Eine einzige SMS, die ich lapidar auf den Touchscreen gerotzt habe, ohne meine Aufmerksamkeit von Herrn Keulman*s lieblicher Engelsstimme abzuwenden. Ich verstehe das nicht. Echt nicht. Wann soll ich denn sonst mit meiner Wochenendbeziehung Schluss machen?

Ich bin echt schockiert über seine Dreistigkeit, mein Handy einzusacken. Ich habe es lediglich für zwei Sekunden in einem öffentlichen Gebäude benutzt, ohne mir oder anderen damit zu schaden. (Okay, meine Wochenendbeziehung hat jetzt nicht gerade Luftsprünge gemacht, aber Anwesende wurden durch mich jedenfalls nicht belästigt.)

»Hintzen! Handy her!«

»Das ist ein iPod, Herr Ke*lmann.«

»Glaub ich dir nicht, kannste dir in zwei Wochen im Sekretariat abholen.«

»Aber ich kann ohne meinen iPod nicht leben!«

»Dann kauf dir eine Spieluhr, die ist deinem Entwicklungsgrad ohnehin angemessener!«

»Nur damit Sie im Unterricht Ihre Lieblingssongs hören können?«

Jetzt wird auch Herr K*ulmann ein wenig verspannter.

»Hintzen, ab ins Sekretariat, ich erhöhe auf drei Wochen!«

»Ich passe!«

Den Witz versteht mein Lehrer nicht mal. Stattdessen hält er nur die Hände auf. Gedemütigt lege ich mein heiß geliebtes iPhone wie eine Hostie in Herrn Keu*manns riesige Hände. Sie müssen sich meine Wut vorstellen! Ich war so wütend und schockiert, ich hab den ganzen Skandal sofort mal mit meinem Zweithandy getwittert.

Was für ein Amateur.

Klobürste

Manchmal müssen auch übelriechende Wahrheiten auf den Tisch. Das ist jetzt so ein Moment. Ich widme ihn allen Heimscheißern.

Kennen Sie das noch, als Sie in der Schule waren und dringend aufs Klo mussten? Klar, wir haben auch in Mönchengladbach an meiner Schule so etwas, aber da gehe ich nicht rein, das ist ekelhaft. Ich bin nicht so der Typ, der aufs Schulklo geht. Wenn ich dringend nach einem Raum suchen würde, in dem es ausschließlich um das Loswerden von Verdauungsprodukten geht, könnt ich mich ja gleich ins Lehrerzimmer schleichen. Nee, so ein Schulklo ist wirklich maximal ekelhaft. Kaum öffnet man die Tür, kommt einem schon so ein Gestank entgegen. Dann stellst du dich da in so eine Kabine, und das Erste, was du siehst, ist ein fetter Kackstreifen. Klobürsten gibt's hier ja offensichtlich keine.

Wobei, wenn ich drüber nachdenke: Ist ja eigentlich gut. Ich verstehe das Prinzip Klobürste sowieso nicht. Also, man nimmt die Klobürste, macht *es* weg, suhlt noch etwas mit der Bürste im Kackwasser und stellt sie dann mit dem Kackwasser zurück in den Ständer?!

Nee. Das ist nicht schön.

Was ich auch nicht verstehe: Gibt es eigentlich

eine unpassendere Farbe für Klobürsten als WEISS? Wohl kaum. Und hey: Ich brauche doch eigentlich auch keine Klobürste, mal ehrlich. Wenn ich da so einen Streifen hab', dann stelle ich mich vor das Becken und ... na ja ... so ein harter Strahl ... der erledigt den Rest. Hygienische Geschichte. Gut auch für Leute, die früher mal Feuerwehrmann werden wollten und nicht genommen wurden.

Okay, damit wäre das Niveau dieses Buches auch noch einmal neu gesetzt ... Krass eigentlich: Ich schreibe hier (über) Scheiße und werde auch noch dafür bezahlt. Hätte ich ja gleich Politiker werden können.

Die 5 überflüssigsten TV-Sendungen

1. RAUS AUS DEN SCHULDEN

Wenn ich ein paar Asozialen dabei zusehen will, wie sie sich in einer Fernsehsendung zum Affen machen lassen, um ihre Schulden loszuwerden, kann ich auch gleich das DSCHUNGELCAMP gucken.

2. EINSATZ IN 4 WÄNDEN

Es gäbe nur einen Grund, damit ich mir diese Dauerwerbesendung von IKEA noch einmal freiwillig anschauen würde:

Man müsste mir zusichern, dass ein empörter Hausbesitzer nach abgeschlossener ... äh ... Verschönerung seines Heimes wutentbrannt auf Tine Wittler losgeht und ihr Lunchpaket zerstört.

3. DIE PUTZTEUFEL

Warum sollte ich kostbare Lebenszeit auf eine Sendung verschwenden, die doch nur Informationen wiederkäut, die mir von meiner Mutter seit siebzehn harten Lebensjahren aufgedrängt werden?

4. DIE AUSWANDERER

Ich finde es deprimierend, wenn so viele Deutsche unser schönes Land verlassen. Allerdings finde ich es noch deprimierender, dass man diesen planlosen Spinnern nicht gleich den Pass abnimmt, statt sie nach dem Jahr, das es durchschnittlich bis zu ihrem Ruin dauert, wieder in Deutschland einreisen zu lassen.

5. SEXY SPORTCLIPS

Mal ehrlich: Im Internet findet man Aufzeichnungen von Bibelstunden, die mehr Sport und mehr Sex aufweisen.

Legastheniker

Für Gegner von Fremdworten: Legastheniker sind Leute, die schreiben können, aber nicht richtig. So wie Ildikó von Kürthy, nur anders.

OK, ich mehrks seblst: Is schwierig zu erklären. Leute, die nicht schreiben können, heißen ja eigentlich Analphabetiker. Jedenfalls so ähnlich (hat aber nix mit Arschpoppern zu tun). Aber Analphabetiker sind schlimmer als Legastheniker, weil die nicht mal die Buchstaben kennen. Legastheniker kennen eine ganze Menge Buchstaben, setzen sie aber in die falsche Reihenfolge. Oder vergessen ein paar. Allerdings sind sich selbst die Schulbücher, die ich in der Schule habe, nicht immer einig. Rüthmuss zum Beispiel ist so ein Fall: Schreibt man das jetzt mit zwei H oder nur mit einem? Rüthmuss oder Rhüthmuss? Ja, Sie lachen. Ihnen kann das ja auch egal sein. Ich aber bin als Gümnasiast kwasi dazu verpflichtet, die deutsche Sprache zu beherrschen. Das ist der Unterschied zwischen Ihnen und uns: Wir müssen uns anstrengen, um den hohen Anschprüchen von PISA zu genühgen. Sie dagegen wären doch damals einfach da einmarschiert, wenn die euch generft hätten.

Die 10 nervigsten Lehrersprüche

1. »Das ist auch für mich die siebte Stunde.«

Der Unterschied ist: Du Affe wirst dafür ja bezahlt!

2. »Wenn der Kuchen spricht, haben die Krümel den Mund zu halten!«

Das war klar: Schon jetzt den Leibesumfang eines Flusspferds, aber immer noch ausschließlich Kuchen im Kopf!

3. »Ihr lernt nicht für die nächste Klausur, sondern für euer weiteres Leben.«

Der Teil vor dem Komma entspricht der Wahrheit.

4. »Hausaufgabe: Macht bitte die Aufgaben zwei bis zehn auf Seite 124 zu Ende. Schönes Wochenende.«

Entweder, oder?

5. »Komm zur Tafel, Fabian, und zeig uns, was du kannst!«

Ich habe bereits das ganze Halbjahr gezeigt, was ich kann. Nichts.

Wie denn auch, bei diesem Lehrer. Leb damit, du Versager!

6. »Hallo zusammen. Mein Name ist Äckert.«

Sagte der pädagogisch und fachlich inkompetenteste Lehrer meiner gesamten Schulzeit – dessen Namen ich hier aus Angst vor noch mehr schlechten Noten natürlich nicht nennen möchte. Ups.

7. »Wenn du dir beim Wippen mit dem Stuhl das Genick brichst, bekommst du verdammt Ärger!«

Es ist noch *nie* jemand beim Wippen mit dem Stuhl so schwer verunglückt, dass er gestorben wäre! Das ist eine Lüge! Und wenn's doch ausgerechnet mir passiert, dann könnte mir der Ärger auch egal sein.

8. »Du bist nicht dumm. Du kannst das, wenn du willst.«

Das ist mal ein Satz, den ich meinen Lehrern gerne glaube. Auch wenn darin schon ein Hinweis versteckt ist, warum es am Ende doch nicht reichen wird.

9. »Guten Morgen!«

Sagte Herr Äckert. Vor dem Unterricht. In der Schule. So ein verdammter Lügner.

10. »Wie waren eure Ferien?«

(Party, Malle, Ballermann, Titten, Saufen, Extase! Yööööy!) – »Erholsam, doch ...«

Kleines Glossar:

Lena Gercke (siehe: Date, super; Utopie)
Deutsches Model, blond, erotische Projektionsfläche eines einzelnen, noch sehr stark pubertierenden Comedians aus Mönchengladbach.

Lesen (siehe: Buch, ein gutes)
Ehemals beliebte Freizeitbeschäftigung des Bildungsbürgertums aus einer Zeit, in der es noch Schmöker gab. Im Zeitalter des Internets eher Randsportdisziplin für Brillenträger und Computerverweigerer.

Marathon

Wie kann man bloß den Wunsch haben, einen Marathonlauf zu bewältigen? Wieder mal ein wunderbarer Beweis für meine These, dass wir aus miesen Erfahrungen nichts lernen.

Vermutlich sagt Ihnen der Name nichts: Pheidippides! Schon mal gehört? Dachte ich mir. Ich musste auch erst googeln. Dieser arme Mensch war ein griechischer Bote, der ungefähr 490 v. Chr. von Marathon nach Athen gerannt ist, um dort den Sieg in der Schlacht gegen die Perser zu verkünden: »Freut euch, wir haben gesiegt!«, keuchte der Langstreckenläufer noch, dann brach er tot zusammen. Mehr gibt's zum Thema Marathon eigentlich nicht zu sagen. Außer: Es scheint extrem ungesund zu sein, vierzig Kilometer und mehr zu laufen, selbst wenn man gerade ein paar Persern auf die Glocke gehauen und ein paar Glückshormone freigesetzt hat.

Dass trotzdem an jedem Wochenende in Deutschland Heerscharen von Freizeitsportlern durch die Wälder hetzen, ist für mich ein völliges Mysterium. »Einmal bei einem Marathon dabei sein!«, das scheint der höchste Lebenszweck für Menschen, die normalerweise brav hinter dem Schreibtisch eines Finanzamts hocken oder ihre Brötchen in der Fußpflege verdienen.

Sie kennen dieses kollektive Geraune ja sicher auch, dieses Schwärmen von der totalen Herausforderung, vom letzten großen Abenteuer! Am Arsch, Abenteuer. Wenn ich mich mal ordentlich quälen will, dann nenne ich Mehmed aus der zwölften. einen stinkenden Kurden. Schon gibt's was aufs Maul, aber dieses Leiden ist wenigstens nach zehn Minuten überstanden. So ein Marathon aber dauert für Durchschnittsläufer etwa vier Stunden, und das ist netto. Die elenden, einsamen Stunden, die man sich vorher über die Laufbahn gequält hat, zähle ich da gar nicht mit.

Nein, ein schönes Freizeitvergnügen stelle ich mir anders vor.

Neulich habe ich mir so ein Spektakel sogar angeschaut. Ashley, meine Ex, hatte das angeregt. Da wollte ich mal nicht so sein. In Düsseldorf war das, beim Metro-Group-Marathon. (Wieso ein Großhandel einen Extremsport sponsert, ist mir auch nicht ganz klar, aber die werden ihre Gründe haben.) Jedenfalls stand ich da mit Ashley am Straßenrand, umringt von Trommlern, Pfeifern und sonstwie extrem Begeisterten und blickte auf viele dünne Männer und Frauen, die mit Startnummern bekleidet an uns vorbeistolperten. Meine Güte, war *das* ein trauriges Bild. Tausende Menschen im besten Alter, die schwitzten und keuchten und röchelten.

»Hast du eine Schrotflinte dabei?«, flachste ich Ashley an. »Da können wir den müdesten Gesellen wenigstens den Gnadenschuss geben!«

Ashley sah mich verwirrt an. »Häh?«

»Na, schau dir doch zum Beispiel mal den Typen mit der Startnummer 1023 an«, wies ich auf einen spilleriegen Gnom, der gerade in Zeitlupe und schwerer Seitenlage an uns vorbeiwankte, »so, wie der aussieht, macht der's doch ohnehin nicht mehr lange!« Das fand meine Ex aber gar nicht komisch.

»Immerhin bemüht er sich darum, seinen Körper fit zu halten, während wir hier nur rumstehen und Lachsbrötchen verdauen!« Ashley liebäugelte neuerdings mit dem Eintritt in ein Sportstudio – offenbar sorgte sie sich um den Erhalt ihrer Traummaße. Ich war eher der Ansicht, dass sie hin und wieder mal ein Buch lesen sollte, oder wenigstens ihre Facebook-Posts, aber intellektuell war meine Ex wirklich nicht besonders anspruchsvoll. Ihr reichte schon die Lektüre von Glückskeksen, um sich voll informiert zu fühlen.

Je länger ich der rennenden Herde da auf der Straße zuschaute, desto absurder kam mir das Spektakel vor. Es hatte was von Katastrophentourismus. So, als würde ich einem Dachgeschossbrand inklusive der Bergung der Verletzten zuschauen. Natürlich war das gastronomische Angebot beim Marathon besser. Aber Schwerverletzte wurden hier auch erwartet, warum hatten sich sonst zahlreiche Fahrzeuge des Roten Kreuzes und der Johanniter Unfallhilfe an den Straßenecken postiert?

»Mal ehrlich«, blaffte ich Ashley an, »schau dir doch beispielsweise mal Startnummer 112 an. Ist das deine Vorstellung von *fit for fun?* Der Kerl sieht aus, als ob er bei der NACHT DER REITENDEN LEICHEN vom Pferd gefallen ist. Armselig. Das kann doch nicht gesund sein!«

Ashley war immer noch nicht überzeugt.

»Fabian, sieh *dich* doch mal an. Du wirkst maximal so fit wie ein Kartoffelsack. Und ob du überhaupt auf so einen Gaul raufkämst, von dem diese Nummer 112 angeblich gefallen ist, würde ich auch infrage stellen.«

Boah, ey: Ashley konnte also doch ganze Sätze bilden. Manchmal muss man seine Leute nur ein bisschen provozieren, um das Beste aus ihnen rauszuholen. Natürlich war ich trotzdem beleidigt. Kartoffelsack? *Kartoffelsack?* Das konnte ja wohl nicht ihr Ernst sein. Ich war bei den letzten Bundesjugendspielen im Hundertmeterlauf beinahe Vorletzter geworden. Ich fühlte mich topfit!

Und dann machte ich einen Fehler.

»Hör zu, Ashley, du Sportskanone: Wenn ich das wirklich will, dann laufe ich so einen Marathon auch ohne Training. Einfach so, ohne großes Tamtam.«

»Ohne Training?«, fragte sie. »Einen ganzen Marathonlauf?« Ashley grinste spöttisch. Genauso glaubwürdig hätte ich behaupten können, ich sei mit Lena Gercke im Bett gewesen, und sie hätte ausdauernd geschrien. Aber jetzt hing ich da drin.

»Genau – mit reiner Willenskraft und den Ressourcen meines durchtrainierten Körpers.« Ashley seufzte nachsichtig.

»Wenn du das schaffst, werfe ich mich vor dir in den Dreck und veröffentliche in der *Westdeutschen*

Zeitung eine Anzeige, in der ich dich als attraktivsten Mann *ever* bezeichne, Fabian!« Auf diese Frechheit ging ich gar nicht weiter ein.

»Der nächste Marathon ist nächste Woche in Neuss. Ich bin dabei und stehe ihn durch!«

Ashley lachte bloß. »Und wenn nicht, dann joggst du ein Jahr lang täglich mit mir eine Stunde durch den Wald!« Ich willigte ein.

Eine Woche später stehe ich inmitten von Tausenden von Extremsportlern in dünnen Hemdchen und friere. Ich trage die Startnummer 1023. Hoffentlich ist das kein schlechtes Omen. Dann ertönt der Startschuss. Ich setze mich sofort an die Spitze des Feldes und überlaufe im Sprint einen Barfußfritzen aus dem Senegal. Die Menge tobt. Nach vierhundert Metern frage ich mich bereits, wo die erste Verpflegungsstation bleibt. Ein paar Äthiopier und der Barfußtyp überholen mich nach sechshundert Metern wieder. Nach einem Kilometer ist immer noch kein Mineraldrinklager in Sicht. Ich sollte wohl das Tempo drosseln. Bei Kilometer 1,5 überholen mich pro Sekunde etwa fünfundzwanzig Teilnehmer. Bei Kilometer 2 füllen sich meine Beine mit Crème Caramel, mein Kopf pocht, in meiner Brust muss ein Presslufthammer außer Kontrolle geraten sein. Bei Kilometer 3 verliere ich mein peripheres Sehvermögen, bei Kilometer 3,5 stolpere ich kopfüber in eine Zuschauergruppe sektschlürfender Erdkundelehrer. Das Ausmaß meiner Demütigung ist kaum mehr steigerbar, denke ich noch, doch als ich zweihundert Meter weiter schließlich endgültig aufgeben muss und von ein paar Sanitätern in ein Rotkreuzzelt getragen werde, ist auch diese Idee im Reich der tragischen Irrtümer gelandet.

»Schaut mal, da isser ja«, höre ich Ashleys Stimme. Ich schaue auf und sehe meine Ex mit etwa fünfundzwanzig ihrer Freundinnen vor dem Zelt herumlungern. Es sind ungefähr achtzig Prozent aller Mädchen, die ich potenziell in den nächsten ein, zwei Jahren mit meiner Briefmarkensammlung vertraut machen könnte. Falsch: ... hätte machen können, muss es heißen, denn diese Chance ist jetzt unwiderruflich vorbei. »Schaut euch diesen platten Reifen an«, höre ich Ashley sagen. »Aber wartet mal ab: Nächstes Jahr um diese Zeit wird er topfit sein!«

Ich will sterben.

Kleines Glossar:

Mengenlehre

Ähm. Tja nun, ich sag mal so: Das müssen Sie nicht wissen. Echt jetzt.

MILF

Respektlos-pubertäre Abkürzung für »Mother I'd Like to Fuck«, die ursprünglich aus dem Film AMERICAN PIE stammt. Inakzeptabel. (Außer vielleicht für Rüdigers Mom.)

Mitschüler

Man kann sich die Typen nicht aussuchen, mit denen man gemeinsam zur Schule geht. Aber man kann sie immerhin in Kategorien einteilen.

Es gibt ja in der Schule immer so Hierarchien, das kennen Sie sicher von früher, wie hieß das damals noch: Jungvolk, Fähnleinführer und so weiter. Bei uns ist das natürlich heute ganz anders. Es gibt die Schleimer, die Streber und die Opfer und natürlich die schleimenden Streber-Opfer. Zum Glück gibt's da aber meistens auch noch die Schläger, die zu den schleimenden Streber-Opfern hingehen und so Sachen sagen wie: »Hey Digger, denkst du, du bist cool oder was, willste Schläge oder was, Digger, Alter, denkst du, du bist der Coolste, nur weil du hier der Direktor bist?«

Okay, diese Typen sind dann meistens nicht lange an unserer Schule. Niemand vermisst sie so wirklich, am wenigsten unser Direktor. Auch wenn seine Verletzungen in der Regel schon nach ein paar Tagen ausgeheilt sind. Es gibt viel Gewalt an unseren Schulen, das muss ich zugeben. Gab es früher allerdings auch, wenn ich den Erzählungen meines Vaters glauben darf. Es hat sich nur eines entscheidend geändert: Früher wurden die Schüler von den Lehrern geschlagen. Das ist natürlich heute komplett andersrum. Aber auch untereinander gibt es sehr, sehr viel Gewalt unter uns Schülern. Es trifft natürlich meistens die schleimenden Streber-Opfer. Die haben sich aber inzwischen eine ziemlich raffinierte Strategie ausgedacht, um ihrer verdienten Strafe zu entgehen. Früher hat man denen doch Karo einfach ein paar in die Fresse geschlagen. Rumms. Wie auf der Kirmes, immer schön aufs Kinn. Inzwischen sind die meisten so fett – da muss man sich erst mal eins aussuchen!

Ach ja, dann gibt's in jeder Klasse noch die Dummen. Das sind die Leute, die gar nichts verstehen. Wortmeldungen von diesen Typen klingen immer wie eine unfreiwillige Parodie auf eine Stoiber-Rede. So viel Ähs und Öhs stammelt nicht mal ein Kölner Büttenredner am Rosenmontag zusammen. Das sind Gestalten, die man sich anguckt und denkt: Och, stoß es vor den Zug, dieses Mental-Prekariat. Man erkennt sie glücklicherweise immer schon auf den ersten Blick. Sie sitzen mit einer Aktentasche ganz vorn am Pult.

Kleines Glossar:

Mobbing
Mein Lehrer behauptet, ich sei nicht komisch? Mobbing! Ich behaupte, mein Lehrer sei ein Hanswurst? Eine durch analytische Begabung gestützte Hypothese mit hoher Wahrscheinlichkeit.

Mülltrennung

Mülltrennung ist die erste Bürgerpflicht in Deutschland, noch knapp vor Blutspenden und Steuerbetrug in Liechtenstein. Aber ist sie wirklich hilfreich?

Mülltrennung hat wenig Synonyme. Maximal noch Recycling oder, wie man in Gymnasien auch sagt: Lehrerzimmer I und II. Aber warum gibt es Mülltrennung überhaupt, wenn am Ende der ganze Unrat doch nur wieder zusammen entsorgt wird? Wofür werfe ich in der Schule meine Kondome extra in einen gelben Eimer, wenn er letztendlich mit dem Marihuana im selben Sack landet? Wer hat die Mülltrennung überhaupt ins Leben gerufen? Für Philosophen ist das klar: Martin Luther. Doch für mich? Keine Ahnung. Vermutlich war das derselbe Typ, der die Energiesparlampe zu verantworten hat. Auch so ein Irrsinn übrigens: Die Birnen sehen nicht nur aus wie aneinander gepappte Fadenwürmer, die enthalten auch gefährlich viel Quecksilber und dürfen nicht mal einfach so entsorgt werden. Aber das nur nebenbei. Was sich Erwachsene alles so einfallen lassen, wenn ihnen langweilig ist …

Musikgeschmack

Selbst wenn meine Generation prügelt, säuft und lyncht - eins kann uns keiner nehmen: Wir wissen, was sich gut anhört!

Ich habe nichts zu tun und sitze vor meinem Laptop. YouTube ist offen - ausnahmsweise nicht YouPorn, da der gestrige Partyverlauf meine diesbezüglichen Bedürfnisse schon befriedigt hat - Dubstep-Mucke läuft, Qualität hochgeschraubt, Boxen voll aufgedreht. Wie geil ist *das* Lied denn bitte? *Womp Womp Womp!* Ich spüre den Bass im Chefsesselleder unter meinem Allerwertesten. Ich nicke leicht mit dem Kopf zum Beat, was sich langsam zum wirren Headbangen steigert. »Geiles Teil!«, brülle ich mir zu, aber ich verstehe kein Wort - Hauptsache, der Track ballert. Doch plötzlich reißt mich ein Blick auf die YouTube-Seite aus meiner ekstatischen Dubstep-Trance. Hä?! Fünfzig (!) negative Bewertungen? Für so ein verfickt geiles Lied? Wie geht das bitte? Fünfzig! Okay, vier davon sind wahrscheinlich von meinen Nachbarn. Aber woher kommen die anderen 92%?

Eine Tatsache, die mich stolz sein lässt, der heutigen Jugend anzugehören. Keiner meiner Altersgenossen hat jemals Roland Kaiser auf seinen iPod gezogen, keiner feiert die Wildecker Herzbuben, die aussehen, als hätte man zwei Gartenzwerge so doll aufgeblasen, bis sie kurz vorm Platzen sind. (Immer wenn ich sie sehe, denke ich: *Jetzt* aber!)

Wie kann man so verkorkst sein, dass man dieser Legende des Dubsteps den Daumen runter zeigt? Währenddessen: *Womp Womp Womp!,* unterbrochen von einem entsetzlichen Schrei aus der Küche meines Elternhauses: »Fabian, mach die Scheiße leiser!«

Jetzt ist es eh zu spät. Ich drehe die Boxen auf Zimmerlautstärke und frage mich, was mit der Welt los ist. Atomkraftwerke gehen in die Luft, das Dschungelcamp ist überfüllt, Menschen werden politisch verfolgt, gesteinigt und vergewaltigt, es regiert Hunger in Entwicklungsländern – und mein Musikgeschmack soll nicht gut sein?

Besonders meine Mutter sollte in ihrem musikalischen Glashaus nicht mit Wackersteinen werfen. Stichwort: Brunner & Brunner! Unter rein auditiven Gesichtspunkten gilt sie damit in meiner Welt als orientierungslos. Ihre Musik ist quasi wie der Wohnungsschlüssel einer neuen Behausung: zum Übergeben prädestiniert.

Sie hat sogar im Wohnzimmer eine Brunner & Brunner-Best-Of-Doppel-CD. Okay, um ehrlich zu sein: Da liegen zwei leere CD-Rohlinge drin. Aber der Inhalt dürfte der Gleiche sein.

Nicht, dass das jetzt falsch rüberkommt! Nicht jeder Jugendliche hat mein göttliches Gespür für die Musik. Auch Menschen meines Alters sind hin und wieder im geschmacklichen Niemandsland unterwegs. Man erkennt sie an den verkehrtherum getragenen Basecaps und daran, dass ihr Schritt gleich neben ihrem Niveau an den Fußknöcheln baumelt. Diese Leute hören verstärkt sogenannte Sprechgesang-Artisten. Bushido und Fler zum Beispiel. Oder gleich Bushido featuring Fler. Da soll doch der eine dem anderen einen blasen, dann hat er wenigstens was im Kopf.

So schlimm und gewaltverherrlichend das alles auch sein mag, bei mir funktioniert das nicht. Mich bringt eher Florian Silbereisen zum Amoklaufen. Die Jugend soll brutal sein? Da kriege ich lieber von Bushido und Konsorten kurz eine aufs Maul, anstatt mich stundenlang von Herrn Silbereisen massakrieren zu lassen.

Keine Ahnung, wie meine Mutter den und die Brunner-Brüder aushält. *Womp Womp Womp!*

Open Air

Es gibt Orte, an denen sollte man sich nicht mit seinen Eltern blicken lassen. In der Schule, auf einer Party, im Bordell. Und auf einem Rap-Festival. Hätte ich das bloß mal vorher in einem Buch gelesen ...

Seid mir also dankbar für die Warnung! (Und das gilt für Eltern *und* Kinder.) Einige Fehler darf man nur einmal machen. Und das ist schon grenzwertig. Es gibt wirklich nicht viele Dinge im Leben, die schlimmer sind, als mit der eigenen Mutter ein Rap-Festival zu besuchen. Beim Sex im Kinderzimmer erwischt zu werden, zum Beispiel, oder noch heftiger: beim Sex erwischt zu werden, ohne dass sich noch ein anderes unbekleidetes Lebewesen im Kinderzimmer befindet. Aber dann kommt schon gleich das Open-Air-Konzert. Ich weiß das so genau, weil ich es selbst erlebt habe. Ich gestehe: Ich habe meine Mutter zu einem Rap-Festival mitgenommen. Ich habe ihr diesen Besuch in der Form eines Gutscheins zu Weihnachten geschenkt. Okay, im Prinzip war das jetzt keine so großherzige Geste, von wegen: generationenübergreifende Kulturerfahrung oder so etwas. Nein, es war als plumpe Racheaktion für *mein* Weihnachtsgeschenk des vorangegangenen Jahres geplant. Damals erhielt ich neben einer spontanen

Schilddrüsenunterfunktion einen Gutschein für ein gemeinsames Wochenende in der Eifel. In der *Eifel*. Hinter der Fassade dieser harmlosen fünf Buchstaben versteckt sich die pure Hölle, vermutlich ist selbst in einem Dachsbau mehr los als an einem Wochenende in der Eifel. Ich habe die Tage mit meiner Mutter wandernd und singend verbracht, und am Ende dieser Reise war mir klar, wieso die Wanderbewegung und der Nationalsozialismus so prima miteinander zurechtkamen. Wo soll der ganze Hass denn auch hin, wenn man drei Tage über Stock und Stein stoffelt und dazu »Im Frühtau zu Berge« brummt?

Ich dachte, dass so ein Rap-Festival meiner Mutter ungefähr so viel Unbehagen bereitet wie mir der *Rursee in Flammen* und ähnliche Eifel-Spektakel. Wie geplant hielt sich die Begeisterung meiner Erzeugerin auch in einem überschaubaren Rahmen. Ablehnen aber ging nicht. Darf man ja nicht, sind Weihnachtsgeschenke. Um ihre Vorfreude zu steigern, spielte ich ihr schon einmal ein paar der Lieder vor, die sie auf dem Festival live erleben würde: Sie hatten Titel wie »Hundesohn«, »Maulfotze« oder »Fick deine Mutter«. Falls sie zu dem Zeitpunkt schon unter Schock stand, hat sie es gut verborgen. Manchmal kann einen diese undurchdringliche Front aus Toleranz und Gleichmut schon echt nerven, die Eltern so drauf haben …

Wissen Sie eigentlich, wie peinlich es ist, als Jugendlicher mit seiner Mutter das Festivalgelände allein nur zu *betreten?* Von jetzt auf gleich verdoppelte sich durch ihren Auftritt das Durchschnittsalter der angetretenen Gäste. Sie ist natürlich weit und breit die Einzige mit grauen Haaransätzen, und dazu hat sie auch noch eine offizielle Frisur. Die Leute um uns herum mustern mich misstrauisch. Hat der was mit der Alten laufen, fragen sie sich und schauen angewidert, und die paar, die unser Verwandtschaftsverhältnis richtig einordnen, sind auch nicht amüsierter: »Guck mal, der Clown da, der darf noch nicht ohne Mutti los!« Peinlich.

Für Al-Quaidas Sturmtruppen wäre meine Mutter allerdings das beste trojanische Pferd, das sie sich wünschen könnten: Schon am Eingang nämlich wird eine Person über fünfzig von den Ordnern nicht mal abgetastet. Ich weiß nicht, was die davon abhält, ihren Job zu tun. Ich vermute aber, es ist entweder die Angst vor Gammelfleisch oder dem plötzlichen Ausfall des Herzschrittmachers – damit hat so ein Security-Brecher nur sehr ungern zu tun, vielleicht erinnert ihn das an seine eigene Sterblichkeit.

So könnte sie ohne Probleme Steine, Glasflaschen oder eine Kokosnuss mit aufs Gelände schmuggeln, um im richtigen Moment ihrer Meinung zu den frauenverachtenden Texten der Rapper Ausdruck zu verleihen. Allerdings pokern die Türsteher nicht allzu hoch, muss ich zugeben. Meine Mutter sieht einfach nicht so aus, als ginge von ihr und ihrer Tasche eine große Bedrohung aus. Was den Tatsachen entspricht. Oder haben Sie schon einmal davon gehört, dass ein Konzert von Bushido oder Fler abgebrochen werden musste, weil der Künstler von einem Stützstrumpf am Kopf getroffen wurde?

Kaum sind wir drin, schon das erste Missverständnis. Während ich noch überlege, wo wir uns strategisch clever aufstellen sollen, fragt meine Mutter: »Wo sind denn hier die Stühle?« Guter Lacher. Meine Mutter muss offenbar geglaubt haben, sie ginge ins Theater und würde in eine Sitzreihe platziert, möglicherweise wollte sie sogar mit ihren Sitznachbarn einen kleinen Plausch halten. Den Zahn kann ich ihr ziehen: »Schau dich um, Mutti. Mit diesen aggressiven Schwitztierchen hier wirst du dich um einen Platz balgen müssen, und zwar stehend, stampfend und moshend.«

Ich versuche, nicht gehässig zu klingen, aber die Eifel wirkt immer noch ein wenig nach. Resigniert zuckt sie mit den Schultern.

»Was ist dann mit der Decke – können wir die hier irgendwo ausbreiten?«

»Hast du noch ein paar Schnittchen und ein Fässchen Brause dabei?«, feixe ich zurück. »Das ist sicher ein super Bild, wenn wir in einer euphorisiert tanzenden Menge ein kleines Picknick veranstalten.«

Noch ein resigniertes Zucken der Schultern.

»Wenn du meinst …«

Ihre Decke packt sie vorerst noch nicht weg, könnte ja sein, dass sich doch irgendwo ein freies Stück Wiese abzeichnet, auf dem wir uns niederlassen könnten. Wieder schauen uns die Leute komisch an.

Die ersten fünfzig Reihen sind bereits besetzt von Leuten, die wahrscheinlich eine Woche lang vor dem Eingang gecampt haben, um die Künstler aus geringstmöglicher Entfernung zu erleben. Fliegende Schweißtropfen scheinen hoch im Kurs zu stehen. Da meine Mutter mit zweiundfünfzig Jahren schon nicht mehr so gut hört, stellen wir uns in die Nähe einer der riesigen Boxen. Das Festival füllt sich mit jungen Möchtegernrappern, es wird heißer, feuchter, lauter. Mit einem infernalischen Knall beginnt das Konzert schließlich. Ich schätze, der Eingangsakkord war jetzt schon mal sieben bis zehn Hörstürze im Publikum wert, und während auch ich mir schon über mein Leben mit einem Tinnitus Gedanken mache, guckt meine Mutter mich trocken an und fragt:

»Wann geht's denn endlich los?«

Hoffnungslos. Wir müssen noch einen Meter näher ran an die Box. Die Bässe lassen meine Eingeweide vibrieren wie einen Zitteraal. Mutti strahlt.

»Jetzt hör ich was!«

Na super.

»Willst du was trinken?« Vielleicht komme ich auf diese Weise ein paar Minuten in die Freiheit. Ein Fehler.

»Ja, ein Wasser, bitte!«

Ach du Scheiße. Sie will Wasser. Auf einem Rap-Festival. Genauso gut könnte ich an der Theke nach Sex mit Tieren verlangen oder einer Tube Schnüffelklebstoff. Ich bin ein wenig ratlos. Soll ich ihr Leitungswasser aus dem Sanitärbereich anbieten? Das Zeug, wo ein Totenkopf auf dem Kübel abgebildet ist und groß »Kein Trinkwasser« drauf steht? Und wer schleppt sie dann nach Hause? Oder soll ich einen halben Liter Wodka kaufen und in einen Plastikbecher umfüllen? Ich bin nicht sicher, ob meine Mutter den Unterschied merkt, und die Musik würde ihr danach sicher auch besser gefallen. Nee, geht auch nicht: Nachher gefällt ihr das mit dem Wodka so gut, dass sie in meinem Zimmer die Reste aus den Flaschen ableckt.

Es geht nicht anders: Ich muss es tun. Ich habe zwar ein wenig Angst, dass der Getränkeverkäufer bei der Bestellung »Ein Wasser für meine Mutter, bitte« einen Alarmknopf unter der Theke betätigt und ich in Sekundenschnelle mit Zwangsjacke und Gummiball im Mund vom Gelände gezerrt werde. Aber das Risiko muss ich eingehen. Doch offenbar hat der Getränkebouncer schon viel Unglück auf der Welt gesehen. Er gibt mir einen einzigen komischen Blick, dann das Wasser. Er will nicht mal Geld. Denkt wohl, ich sei schon genug gestraft. Meine Mutter nimmt ihren sprudelnden Silberschatz ohne Regung entgegen. Ihre Aufmerksamkeit wird gerade von einem ganz anderen absurden Phänomen vereinnahmt. Viele Festivalbesucher in ihrer Umgebung haben sich entkleidet und werfen ihre Shirts, Hosen und Schlüpper auf die Bühne. Sie versuchen es jedenfalls. In unserer unmittelbaren Umgebung starren ein paar Leute meine Mutter ängstlich an. Ich kann ihren Blick lesen: »Bitte nicht!«

Zum Glück mag sie ihre sportliche Wanderausrüstung viel zu gern, um sie ausgerechnet Künstlern auf die Bühne zu werfen, die sich Lady Bitch Ray oder Sammy Deluxe nennen. Ich schätze, sie würde nicht mal bei Udo Jürgens oder André Rieu ins Grübeln kommen. Stattdessen beginnt sie jetzt damit, die einzelnen Stücke mit einer Ernsthaftigkeit zu interpretieren, als ob sie im Museum vor einem Bild von Leonardo da Vinci stehen würde.

»*Deutsche Schwänze kann man alle knicken! Ich bin geil, aber Deutschland kann nicht ficken!*«, wiederholt meine Mutter fragend einen Lady-Bitch-Ray-Refrain. »Will uns diese Sängerin damit sagen, dass die erotische Qualität eines Beischlafs möglicherweise etwas mit der Nationalität des Akteurs zu tun hat? Und glaubt sie vielleicht, dass ein Staatsbürger der – sagen wir: Benelux-Länder in dieser Hinsicht besser ausgerüstet sei?«

Ich will mir nicht mal vorstellen, wie so ein Gespräch weitergeht und halte mir summend die Ohren zu. Das deutet meine Mutter allerdings dann auch wieder falsch.

»Was ist los, Fabian, kannst du schon nicht mehr?«

War da leiser Triumph in ihrer Stimme? Egal. Nur raus hier. Auf dem Weg zum Ausgang kommen wir an einem CD-Stand vorbei. »Soll ich dir eine Best-Of-CD kaufen«, fragt meine Mutter schadenfroh, »damit du dir die Musikanten noch einmal in Ruhe anhören kannst, die du jetzt verpasst?« Ich nicke gedemütigt. Eines ist mir in diesem Moment klar: Nächstes Jahr kriegt sie wieder ein Deo zu Weihnachten.

Oper

Dicke Leute schreien in bunten Gewändern zu schrecklicher Musik. Kölner Karneval? Nee - Oper. Von den Freuden der Hochkultur.

Ich hatte eigentlich immer schon den leisen Verdacht, dass Erwachsene einen an der Waffel haben. Aber seitdem ich eine Dokumentation über die Bayreuther Festspiele im Fernsehen angeschaut habe, bin ich mir in dieser Hinsicht ganz sicher. Angeblich handelt es sich dabei um eines der wichtigsten kulturellen Ereignisse im ganzen Land. In Bayreuth! So fängt das schon mal an. Weiter geht's dann damit, dass man Karten für eine solche Veranstaltung nicht unter sechshundert Euro bekommt. Und das sind schon Sonderpreise, wie der Typ im Fernsehen erzählte. Bevor man dem Plebs vor der Glotze einen kurzen Einblick in das musikalische Werk eines Herrn Wagner zumutete - dunnemals sehr beliebt bei den Nazis, wie man hört -, filmte man die angereisten Prominenten aus Politik, Wirtschaft und Showbusiness auf dem roten Teppich. Allein für dieses Schauspiel hat es sich gelohnt, dass ich mal für einen Moment von meinem Ballerspiel hochschaute: Unsere Bundeskanzlerin war dort zu sehen, sie trug eine Art Lamettagewand in kompakter Trapezform, vermutlich das Modell »Wasserbüffel«. Da sind mir die ebenfalls nicht sehr formschönen, aber diskreteren Hosenanzüge, die sonst bei ihr zum Einsatz kommen, schon deutlich angenehmer. Aber man will ja nicht meckern. Im Vergleich mit Thea Gottschalk beispielsweise sah sie geradezu grazil aus. So viel Phantasie habe ich nicht, um treffend zu beschreiben, wie die Gattin von Ex-WETTEN DASS..?-Ass Thomas Gottschalk in Bayreuth erschien. Lassen Sie es mich so sagen: Wenn Bernd das Brot und der Bi-Ba-Butzemann sich mit Rotkäppchen-Sekt besaufen und dann ein modisches Outfit mit Filzstiften auf ein weißes Blatt Papier zaubern, dürfte das Ergebnis immer noch ansprechender sein als der fehlfarbene Wahnsinn, in dem diese Frau sich auf dem roten Teppich präsentierte.

Andererseits: Für das, was sie im Konzertsaal dann erwartete, war das Outfit offenbar gut gewählt. Gegeben wurde Wagners *Parsifal*. Was heißt gegeben: Ein massiver Klangteppich wogte durch den Saal, und eine fette Frau schrie sich dazu die Kehle aus dem Hals. Das klang, wie Zuckerwatte schmeckt, würde ich sagen: eklig. Obwohl mir nur ein paar Sekunden Hörprobe vergönnt waren. (Gott sei Dank, möchte ich hinzufügen.) Niemand in der Oper schien sich an der miesen Laune der adipösen Diva zu stören. Das Publikum applaudierte im Gegenteil begeistert, als sich die akustische Katastrophenübung – die im Übrigen in bonbonfarbenen Karnevalsklamotten dargeboten wurde – dem Ende zuneigte. Der Typ mit dem weißen Haarkranz unten vor der Bühne verrenkte sich noch ein wenig vor den Musikern und drohte ihnen mit dem Taktstock, doch wenn ich den TV-Kommentar richtig verstanden habe, dann ließen sich die Musiker erst nach viereinhalb Stunden erweichen. Ich bitte Sie: Viereinhalb Stunden dieses Geschrei, viereinhalb Stunden dieser Schwulst – da ist ja sogar Mireille Mathieu Rock'n'Roll dagegen. Ich hätte nie gedacht, dass ich das mal sagen würde. Aber da kannte ich Bayreuth und die Oper noch nicht und das, was mir mein Musiklehrer als Hochkultur verkaufen will. Wenn er das wirklich ernst meint, werde ich in Zukunft ein wenig netter zu ihm sein – offenbar hat der Typ echte Probleme.

Opfer!, du

Außenseiter, die von allen aufs Maul bekommen, hat es schon immer gegeben. Früher hießen sie Popper, Messdiener oder Bayern-Fans.

Leute reiferen Alters beschweren sich oft darüber, dass die heutige Jugend so brutal ist. Schon Kinder auf dem Schulhof prügeln, schlagen und mobben ohne Unterlass. Der Ausruf »Aus dem Weg, du Opfer!« hat das wachsweiche »Was geht, Alter!« im Klassenzimmer deutlich abgehängt. Unhöflich, nicht wahr? Finde ich im Prinzip auch. Verwunderlich aber ist dieses Phänomen nicht, denn Persönlichkeitsentwicklung läuft ja nach dem Prinzip Nachahmung: Warum sollte man den kleinen Zwerg aus der 8b denn *nicht* hänseln dürfen, wenn er so aussieht wie Guido Westerwelle im Schrumpfformat – der prominente Schmock wird von seinen eigenen Kollegen doch auch jeden Tag öffentlich abgewatscht! Wobei man in der FDP natürlich weit davon entfernt ist, unseren Außenminister als *Opfer* zu bezeichnen. Nein, nein – die nennen den reisenden Pickel offiziell einen »Leistungsträger der Partei«, bevor sie ihn verbal niederstrecken. Oder sie dissen ihn in der *Bild* als perfekten Außenminister, der vielleicht ein klitzekleines Problem mit der englischen Sprache hat. (Mal ehrlich: Wer so einen Schnackschnabel in der Welt rumschickt, um unser Schland zu repräsentieren, der schreckt auch nicht davor zurück, Thilo Sarrazin für seine Integrationsbemühungen mit dem Islam das Bundesverdienstkreuz umzuhängen - aber das nur nebenbei.)

Da sind wir schon deutlicher und vor allem ehrlicher. Man kann uns eine Menge vorwerfen, aber Heuchelei gehört sicher nicht dazu.

Trotzdem wird der Begriff »Du Opfer!« in letzter Zeit ein wenig zu inflationär verwendet, finde ich. Potenziell ist jeder von uns ein Opfer – es kommt halt auf die Perspektive an. Heute reicht es ja schon, die *Wilden Kerle* auf DVD zu Hause rumliegen oder bei der letzten Mathearbeit eine knappe Vier geschrieben zu haben statt einer satten Sechs, um als Opfer des Tages angeranzt zu werden. Der falsche Haarschnitt, eine komische Sonnenbrille oder ein unschöner Klumpfuß? Schon bist auch du ein Opfer, das froh sein darf, wenn es nach der Schule nicht gevierteilt wird. Früher musste man schon viel härtere Geschütze auffahren, um gesellschaftlich geächtet zu werden. Erst bei Hochwasser in der Cordhose, einem Lederflicken am Revers und dazu einem Haarschnitt, für den jeder Friseur aus seiner Innung geworfen worden wäre, hätte man den bösen Ausruf hören können: »Boah, guck mal, was für ein Opfer!« Ersatzweise: »Papa?«

Partnersuche

Wo findet man den richtigen Partner fürs Leben? Mittendrin? Oder doch eher in den Weiten des World Wide Web? Ich empfehle einen Besuch im Hier und Jetzt.

Um Missverständnisse auszuschließen: Es geht hier nicht um Betty aus Kabine neun, die Ihnen für einen Fuffie Ihre Palme massiert. Wir gehen hier gleich aufs Ganze: Wo versteckt sich die Liebe? Wo ist dieser geheimnisvolle Ort? Im Einkaufszentrum, im Club, im Internet oder doch vielleicht bei den Dreharbeiten für MITTEN IM LEBEN? Ich behaupte: Meine Generation ist vermutlich ein wenig schlauer als die der Erwachsenen, wenn es um das Wesen der Partnersuche geht. (Dabei haben die Alten doch viel mehr Erfahrung?) Wir sind zielstrebig und funktional, weil wir versuchen, in Echtzeit im realen Leben anzudocken. Auch wenn die Gefahr hier deutlich größer ist, gleich aus mehreren Gründen (für die man nicht mal immer etwas kann) abgewiesen zu werden. Dazu später mehr.

Ältere Menschen hingegen bevorzugen ja neuerdings das Internet, obwohl sie mit seinen speziellen Eigenheiten auf Kriegsfuß stehen (siehe Kapitel »24/7«). Das führt oft zu putzigen Ergebnissen.

Auf Online-Portalen stellen sie bedenkenlos ihre fragwürdigen Talente zur Schau, illustriert mit Fotos, die entweder eine Menge über den selbstzerstörerischen Humor des Absenders erzählen oder einfach nur albern sind. (Würden Sie einen älteren Herrn mit quergekämmten Scheitel treffen wollen, der neben einem tiefergelegten Opel Corsa posiert? Oder eine Dame mit weiß-violett gefärbter Hochfrisur und Knitterfalten unter dem Kinn, die behauptet, neunundzwanzig zu sein, und sich mit gequältem Lachen auf einem Stepper im Gym abbilden ließ? Wohl kaum). Trotzdem erfreut sich das Internet als Treffpunkt bei der älteren Generation höchster Beliebtheit.

Dumm? Möglicherweise. Optimistisch? Auf jeden Fall. Denn mal ehrlich: Wie groß ist die Chance, *die* oder *den* Richtige/n ausgerechnet bei einer Nachtsession vor dem heimischen Mac zu finden?

Ich beobachte das hin und wieder bei einer Arbeitskollegin meines Vaters, die mutig genug ist, ihm alles über ihre virtuellen Eroberungen zu beichten. (Mein Vater ist nicht sehr diskret, müssen Sie wissen, und so habe ich die nötigen Informationen, um mich auf ihr Profil zu hacken.) Unter »Meine Kontakte« sind da eine Menge Typen aufgelistet, deren Problempotenzial jeden vernünftigen Menschen schon auf den ersten Blick in die Flucht schlagen würde. Das beginnt bereits mit den kecken User-Namen: WilligerWilli50 steht da beispielsweise neben 30Zentimeter oder gar einem besonders charmanten Arnold_Anal_1960. Ein Klick auf den willigen Willi verrät uns schon eine Menge über seine Intentionen im Forum:

»Ich bin auf der Suche nach einer ernsten und soliden Partnerschaft«, beginnt Willi seine Selbstdarstellung, ist allerdings schon drei Zeilen später bei »bin im Prinzip offen für alles« gelandet und endet schließlich mit dem Hinweis, dass ein gepiercter Genitalbereich bei einer in Betracht kommenden Dame unter »zielführende Pluspunkte« verbucht werden würde, ebenso wie großflächige Tattoos oder die Mitgliedschaft im örtlichen Swingerclub. Willi will in erster Linie ficken, das ist offensichtlich, und das wäre auch okay, wenn er sich den Sermon mit der »soliden Partnerschaft« sparen würde (und vielleicht noch sieben der acht unvorteilhaften Fotos, die er von sich eingestellt hat).

Der willige Willi ist leider kein Einzelfall, wie ich gleichermaßen erschrocken wie amüsiert feststelle. Männer scheinen in so einem Forum in der Regel keinen bestimmten Frauentyp zu präferieren, die inneren Werte einer Kandidatin werden ungefähr so häufig abgefragt wie die Mülltrennungsverordnung in den Vogesen: gar nicht. Das könnte natürlich bedeuten, dass sie barmherzige Idealisten im Körper muskulöser Götter sein könnten, die sich den Damen erwartungsfrei und ergebnisoffen näherten. Ich vermute aber, dass wir es hier eher mit einer Menge perverser, stark behaarter Oppas zu tun haben, die in der fleckigen Schiesser Feinripp vor dem Computer sitzen und sich einen auf die Profilbilder der hoffnungsvollen Single-Damen schrubben. Ob die in Betracht kommenden Damen gerne kochen oder eine Zusatzausbildung zur Dentallaborantin absolviert haben, spielt natürlich bei diesen Herren keine große Rolle.

Umgekehrt versenden Damen in diesen Foren zu häufig *mixed messages*, um wirklich ernsthaft erwarten zu dürfen, höflich angesprochen zu werden. Wer einerseits nach einer »verantwortungsvollen Partnerschaft mit einem solventen, reifen Mann« sucht und sich dann mit einer transparenten Bluse im eigenen Schlafzimmer präsentiert, darf sich nicht wundern, dass sich Jungs wie WilligerWilli50 oder 30Zentimeter sofort angesprochen fühlen. Auch wenn sie weder solvent noch sonderlich verantwortungsbewusst sind und das einzig Reife an ihnen der gut abgehangene Schwammranzen ist, der locker über dem Gürtel schwabbelt. Nach eingehender Sichtung aller möglichen Internet-Portale habe ich den Eindruck, dass es dort zugeht wie in einem lustigen Spiegelkabinett auf dem Rummel: Es gibt keine glaubwürdigen Informationen in diesem Universum, es gibt nur abstruse Vergrößerungen, Verzerrungen und lächerlich verknappte Ausschnitte - dem Menschen, der sich hier wiedererkennbar darstellt, spendiere ich eine Flasche Schaumwein in meiner Lieblingsbar.

Womit wir wieder im richtigen Leben angekommen wären - dem Schauplatz, an dem meine Generation das Unternehmen Partnersuche angeht. Wir sind dabei zwar häufig betrunken, was auch mit einer gewissen Bewusstseinstrübung korrespondiert, das muss ich zugeben. Aber es ist nicht gleich so ein genereller Beschiss wie im Internet. Und man kann sofort und auf der Stelle abschätzen, ob eine Person wirklich das heißeste Geschöpf auf diesem Planeten oder einfach nur ein schamloser Fake ist, der im Internet das Bild eines ukrainischen Models eingestellt hat. Der Nachteil beim Direktmarketing im Club: Häufig sieht man hier Jungs aus meiner Generation, die nicht mit dem nötigen Ernst bei der Sache sind. Ihnen geht es um möglichst viele Eroberungen, und dazu ist ihnen jedes Mittel recht. Da geht's dann, das muss ich zugeben, auch nicht immer um Persönlichkeit, Intellekt und Integrität. Wichtig und zielführend sind coole Sprüche, die den Erstkontakt erleichtern und die ich in meinem näheren Umfeld beobachten durfte.

»Tschuldigung? Darf ich dich auf mich aufmerksam machen?«, sagt Tim mit einem grazilen Lächeln zu der Dame seiner Wahl, einer Blondine in einem merkwürdigen Kittel. (Muss Lady-Gaga-Style sein.) Tim ist bekannt dafür, wahllos junge Mädchen anzugraben. Seine Toleranzschwelle ist recht niedrig, manchmal haben wir den Eindruck, dass es für ein Mädchen schon reicht, einfach aufzutauchen, um sein Interesse zu wecken. Komischerweise macht ihn das bei den Frauen, die ich kenne, recht beliebt. Auch die Blondine im Kittel lächelt ihn unsicher an.

»Tschuldigung, ich hier nur Klo sauber machen.«

Und schon sind die beiden im Gespräch. Man kann nicht behaupten, dass sich hier ein literarischer Dialog entfachen würde, das wird schon von den begrenzten Sprachkenntnissen der Blondine verhindert. Doch Tim ist trotzdem fröhlich. Vor allem, als die junge Dame ihm zum Abschluss ihres Gesprächs ein Angebot unterbreitet, das er nicht ablehnen kann.

»Macht fünfzig Cent, bitte.«

Für Tim klingt das nach einem Spartarif für gute Freunde, denn soviel er weiß, geht es im benachbarten Eroscenter erst bei fünfzig Euro los. Tims Grinsen wirkt jetzt wie einbetoniert. Man sieht ihm an, dass er sich das ernsthaft durch den Kopf gehen lässt.

So schön kann das reale Leben sein. Wie verlogen geht es dagegen im Internet zu? Ich gehe weiter und beobachte Samuel, wie er gleich zwei Blondinen an der Angel hat. Der nächste Beweis für die Überlegenheit des realen Lebens im Vergleich zum kalten WWW: Samuel lächelt sie routiniert an, er flirtet offensichtlich mit beiden. Man muss kein Blitzmerker sein, um zu registrieren, dass seine charmante Art funktioniert, ohne Zweifel: Beide Mädchen wollen etwas von ihm. Kein Wunder andererseits, er ist ja auch der Barmann.

Ich drehe mich um und: *wham!* Was für ein Geschöpf! Blonde Haare, mega Körper, wunderschöne, blaue Augen, ein leicht verwirrter Blick, gut aussehende und weiche Lippen, ein Rahmen drum herum. Häh? Wer stellt denn einen Spiegel gleich neben die Tanzfläche? Immerhin habe ich das früh genug gemerkt. Mit *der* Knutscherei hätte ich nicht wirklich angeben können.

»Fabian«, tippt mir jemand auf die Schulter. »Kannst du mir kurz aushelfen, ich hab ne Megabraut am Start! Haste mal fünfzig Cent?« Klar, man soll seinen Freunden helfen, wenn sie in Schwierigkeiten stecken: Ich sehe Tim nach, während er freudestrahlend Richtung Klo abdackelt. Das sind doch die Liebesgeschichten, die das Leben schreibt. Dagegen sind die ganzen Lügen und Missverständnisse im Internet echt nur kalter Kaffee!

Restalkohol

Junge Menschen müssen frühzeitig Erfahrungen mit Alkohol sammeln, damit sie später fett Karriere machen können. Wollen Sie dem etwa im Wege stehen?

Waren das nicht tolle Zeiten, als Sie samstagabends noch nicht zum MUSIKANTENSTADL aus der Schnabeltasse tranken, sondern in der Disco an einer Wodkaflasche nuckelten? Also, für uns Jugendliche ist das ja Routine, wie Sie wissen, Stichwort: Komasaufen. Aber Sie irren sich, wenn Sie glauben, dieses Verhalten sei Ausdruck unserer Orientierungslosigkeit in einer wertelosen Welt. Keineswegs. Wir wollen uns nur rechtzeitig darauf vorbereiten, was später im Berufsleben in den Führungsetagen des gehobenen Managements ohnehin auf uns wartet: Bordellbesuche mit dem Betriebsrat, Lustreisen in die Karibik und natürlich: trinken bis zum Umfallen. Laut einer britischen Untersuchung konsumieren Frauen und Männer aus den bessergestellten Haushalten (Manager und Berufstätige mit gehobener Bildung) wöchentlich mit durchschnittlich 15,1 Einheiten mehr Alkohol als die Menschen aus der mittleren und unteren Einkommens- und Bildungsschicht. (Ich wundere mich ein wenig, dass Lehrer neuerdings zu einem gehobenen Haushalt zählen sollen, aber wenn ich mir meine Knorpelnasen so anschaue, dann muss das wohl so sein.) Glaubt man den britischen Statistikern, dann saufen ausgerechnet die Topmanager am meisten, nämlich »wöchentlich das Äquivalent von drei Flaschen Wein oder 23 Einheiten«.

Ich habe keine Ahnung, was eine versoffene Einheit sein soll (es sei denn, wir reden über eine durchschnittliche Division der Bundeswehr), aber ich habe den Verdacht, dass meine Freunde und ich auch schon die ein- oder andere dieser Einheiten inhaliert haben, ohne es zu wissen. Seitdem ich diese Untersuchung gelesen habe, habe ich bei der Druckabfüllung am Wochenende nicht mehr das kleinste schlechte Gewissen. Ich möchte später auch mal eine Bank oder ein DAX-notiertes Unternehmen leiten, es dann gegen die Wand fahren und zum Abschied eine Millionenabfindung kassieren, schließlich bin ich ehrgeizig und will was aus meinem Leben machen. Also bereite ich mich adäquat auf meine zukünftige Karriere vor und hoffe darauf, dass dieser Eckart von Hirschhausen recht behält: Auch meine Leber soll mit ihren Aufgaben wachsen!

Leider sind wir Jugendlichen noch nicht so routiniert darin, mit den Tücken des Alkohols fertig zu werden. Da habt ihr Alten uns doch einiges voraus. Das nennt sich wohl im Volksmund *Lebenserfahrung* – oder auch *essenzieller Tremor*, je nachdem. Jedenfalls passiert es mir immer noch, dass ich am nächsten Morgen nach einer berufsvorbereitenden

Übungseinheit im Club wach werde und mich erst mal nicht mehr an den Vorabend erinnern kann. Dann liege ich dämmernd im Bett, nehme gegen den Nachdurst einen Schluck aus der Wasserflasche, die neben meinem Bett steht, und denke nach. Darüber, dass es wieder spät geworden sein muss und an welchem Punkt des Abends ich meine Hose verloren haben könnte. Ich erinnere mich daran, dass ich über den Balkon eingestiegen bin, um meine Eltern nicht zu wecken. Genau, dann habe ich mich aufs Bett fallen lassen und einen Moment lang überlegt, ob ich zum Pinkeln noch mal aufstehen soll. Das ist aber unwahrscheinlich, denn wozu habe ich neben meinem Bett immer eine leere Wasserflasche stehen?

Moment mal!

PS: Ich sage es nicht gern, aber manchmal ist mein Vater einfach schlauer als ich. Es sieht zwar nicht schön aus, wenn er nachts nach Hause kommt und auf offener Straße gegen die Wand unseres Nachbarhauses pinkelt. Dafür hat er aber keinen Stress mit dem Sagrotangeschmack im Mund, mit dem ich mich an jedem zweiten Sonntag abplage. Das ist eben der legendäre Erfahrungsschatz, den uns die Alten voraus haben.

Sauna

Immer wieder erstaunlich, wie Erwachsene die Zeit totschlagen. Uns machen sie Stress, weil wir mit der Xbox daddeln, aber selber zum Nordic-Walking-Kurs, zum Kegeln oder in die Sauna gehen.

Erwachsene tun seltsame Dinge, um sich zu erheitern. An einem Gummiseil von einem Fernsehturm springen beispielsweise. Kegeln. Tai Chi. Bingo. Als besonders eigenwillige Variante des humanen Vergnügungsvollzugs empfinde ich persönlich ja den Drang, sich nackt in überhitzte Holzverschläge zu hocken und zu schwitzen. Was treibt Menschen bloß in eine Sauna? Wer unbedingt schwitzen will, der kann doch im Garten ein Kartoffelbeet anlegen oder Schiffsheizer werden. Aber zum Vergnügen schwitzen, weil es angeblich Körper und Seele reinigt? Auf so eine Idee kann auch bloß der erwachsene Mensch kommen.

Ein einziges Mal habe ich mich in meinem bislang siebzehnjährigen Leben in eine Sauna schleppen lassen. Warum tut er das, werden Sie sich fragen. Nun: Charlotte. Ein Mädchen aus meiner Klasse. Sie verstehen. Ich treffe mich hin und wieder mit ihr, rein platonisch, aber nackt kriege ich sie dabei normalerweise nicht zu sehen – da ist sie echt ein bisschen konservativ. Als sie mir vorschlug, einen Wellnesstempel in Düsseldorf zu besuchen, willigte ich ein. Das war meine Chance, mein Gedächtnis an die weiblichen Formen ein bisschen aufzufrischen und die ein- oder andere Phantasie, was Charlottes Körper betraf, auf ihren Wahrheitsgehalt hin zu überprüfen. Außerdem könnte man ja außer Charlotte noch ein paar andere nackte Bräute angucken, hoffte ich versonnen. Wir lösten ein Tagesticket im Cosmic Spa, einem Palast, der sich auf acht Stockwerken der Rundumversorgung des Körpers verschrieben hatte. Der Laden wirkte wie eine Mischung aus römischem Badehaus und sächsischer Weinstube, doch mich verblüfften vor allem die sechs Saunavarianten: Vom finnischen Nebel bis zu japanischem Gluten war alles dabei. Charlotte entschied sich schließlich fürs dänische Dampfen – das würde sie an ihren Besuch in Kopenhagen erinnern, meinte sie. Mir sollte es recht sein.

Das ist jetzt der Moment, an dem ich kurz innehalten möchte. Kennen Sie diese Fragebögen in den Wochenblättern der Intelligenz, in denen Moralphilosophen, Kernforscher oder Soap-Schauspieler in einem Satz Beweise ihrer tollen Bildung und Originalität ablassen dürfen? Gut, dann kennen Sie sicher auch eine sehr beliebte Frage daraus: »Wem möchten Sie auf keinen Fall in der Sauna begegnen?« Die Leute, die sich für Kreative halten, nennen dann immer Angela Merkel, während die *Men's Health*-Leser sich grundsätzlich über *jeden* echauffieren würden, der sich nicht am ganzen Körper rasiert. Ich habe mich manchmal gefragt, wie *ich* auf diese Frage reagieren würde. Wen könnte ich in der Sauna nicht ertragen? Jetzt, nachdem ich zum ersten Mal in einer solchen Hütte gesessen habe, interessiert mich die Antwort darauf gar nicht mehr. Ja, mehr noch, ich finde die Frage schon falsch gestellt. Sie müsste eigentlich lauten: »Gibt's überhaupt jemanden, neben dem ich nackt und schwitzend in der Sauna sitzen möchte?«

Mein Abend mit Charlotte hatte mir in dieser Hinsicht alle Illusionen genommen. Dabei hatte ich mir vorher noch gedacht, hey Fabian, mach dich locker, schau dir das erst mal ergebnisoffen an und kotz nicht gleich in den ersten fünf Minuten ab. Ich also rein in die dunstige Bude und auf freundlich gemacht: »Guten Abend, ich bin der Fabian«, sprach ich und nickte mich durch die Runde. Doch 90° C drücken anscheinend aufs Gemüt. Niemand der rund fünfzehn Saunierer sagte ein Wort, drei oder vier grunzten wenigstens vernehmlich. Der Rest starrte vor sich hin, bis auf einen älteren Herren mit Haarkranz, der mahnend auf ein Schild hinwies: »Bitte respektieren Sie das Bedürfnis unserer Gäste nach Ruhe« stand dort geschrieben. Im Klartext: Halt die Klappe! Na wunderbar, ist ja ein freudvoller Haufen. Nach zwei Minuten aber hatte ich bereits verstanden, worum es den meisten hier drin ging. Der Haarkranz stierte ungeniert auf die Brüste der anwesenden Damen – abwechselnd. Er musste sogar seinen Hals verdrehen, um die gewünschte

Aussicht auf *alle* unbekleideten Damen zu genießen, doch das schien ihm wenig auszumachen. Ich ergatterte ein Plätzchen neben einem Rentner, der wohl die Absicht hatte, auf seine alten Tage noch ein wenig Gewicht zu verlieren. Er erinnerte mich an eine sitzende Kuh, fehlte nur noch, dass er die Beine übereinandergeschlagen hätte. Ich bereute die Wahl meines Sitzplatzes schnell. Die Kuh strich sich alle zehn Sekunden mit beiden Händen über Rücken und Brust, um sich von den dort angesammelten Schweißperlen zu befreien. Dabei war so viel Flüssigkeit im Spiel wie bei einem Monsunregen. Ziemlich eklig, um ehrlich zu sein. Auch nicht schön war der Ausblick auf eine Frau mit einem Riesenbusch, die mir gegenüber lag und mit gespreizten Beinen leise *umpfte* und *ahte*. Sie schien sehr zu leiden, ein Tierarzt hätte sich in Anbetracht solcher Geräusche sicher ein paar Fragen gestellt. Ich habe noch nicht viele Pussys von Frauen gesehen, ich bin erst siebzehn, wenn ich das noch mal erwähnen darf. Aber auf diese hier hätte ich, so schwitzig und unrasiert sie da vor mir lag, auch gut und gerne verzichten können. Überhaupt war das, was sich in dieser Hitzehölle so tat, nichts für Ästheten. Brüste in allen Verfallsstadien – und da beziehe ich die von einigen Typen ausdrücklich mit ein. Leidenslaute, die man so nur in einem Siechenhaus erwartet, und dann auch noch ein Bademeister, der uns einen Aufguss spendierte. Er habe Holunderblüte-Melisse dabei, sprach er, aber was er wirklich mitgebracht hatte, war noch mehr heiße Luft, die uns die

Nasenhärchen ansengte und die Augen aus dem Kopf treten ließ. Dann schlug er auch noch mit einem Handtuch durch die Luft, damit der Flächenbrand sich gleichmäßig verteilen konnte. Furchtbar. Furchtbar. *Furchtbar.* Als ich nach zehn Minuten aus diesem Folterkeller stolperte, schwor ich mir, nie wieder eine Sauna zu betreten. Zumal der einzige Anreiz, den dieser Saunabesuch mir im Vorfeld versprach, vor Ort nicht eingelöst wurde. Charlotte hatte sich in ein übergroßes Handtuch mit Blumenmuster eingeschlagen und zeigte auch keinerlei Bereitschaft, sich in der Sauna von diesem textilen Spielverderber zu trennen. Dabei war sie wirklich die einzige Frau, die man nackt angeschaut hätte, ohne an die neue *Brigitte*-Diät zu denken. Aber Charlotte war da strikt: »Glaubst du etwa, dass ich mich von diesen Walrossen hier drin abspannen lasse?«, teilte sie mir mit. »Das ist ja voll ätzend.« Tja, wer bin ich, dass ich da widersprechen würde.

Kleines Glossar:

Scheidung
Das Ende eines Bürgerkriegs, dem du in unmittelbarer Nähe ungewollt und jahrelang beiwohnen musstest und der angeblich nur wegen DIR so lange und ausdauernd geführt wurde.

Schwanz

Wir Jungs haben alle einen. Schön ist er selten, und auf die Größe kommt's auch nicht an. Warum also die Aufregung?

Latte. Schwengel. Pimmel. Nagel. Heini. Rute. Zauberstab. Phallus. Piephahn. Schniedel. Lustknochen. Pullermann. Schnibbes. Struller. Ich könnte noch Minuten so weitermachen. Damit würde ich mich allerdings selbst langweilen. Wenn wir unter uns sind, reden wir nie von unserem Penis. Er ist uns nicht so wichtig. Was ist so spannend an diesem schlaffen Gewebelappen, über den eine lustige Person mal sagte: »Nach dem Ficken ist er nutzloser als eine Kunststofftapete in einer Hundehütte!«

Okay zugegeben, es gibt da ein paar Neandertaler, die gehören zu den *Ausnahmen*. Wenn Sie mal einen Typen treffen sollten, der sich breitbeinig am Sack kratzt und behauptet: »Gleich fick ich deine Mutter!«, dann ist entweder bei seinem Auftritt als Kandidat bei BRITT – DER TALK UM EINS irgendwas schiefgelaufen, oder er gehört zu den Menschen, die alle Songs von Bushido und Konsorten im Media Markt gekauft haben. (Zum Runterladen sind sie nämlich zu blöd!) Nur so nebenbei: Kennen Sie den Film auf

MyVideo, in dem Bushido auf einer Autobahnraststätte seinen Schwanz rausholt? Das Humor-Statement einer verlorenen Generation, würde ich sagen. (Und er war sooo klein.)

Klar, es gibt diese Primaten, die behaupten, ihr Schwanz allein sei der allergrößte, riesigste, gigantischste auf der ganzen Welt. Ich habe da Verständnis: Schule verkackt, keine Arbeit, Stress mit der Else, den VW Jetta gegen die Wand gesiebt und der Körper schon im Moppel-Modus – wenn man da nicht wenigstens auf einen exorbitant großen Fleischpenis im Schritt verweisen könnte, wäre das schon ein ziemlich miserables Leben, mit dem man sich herumschlagen müsste.

Aber, wie gesagt, das sind Ausnahmen. Die meisten von uns wollen doch nur spielen. Nein, nicht mit *ihm*. Mit Ihnen. Wenn Erwachsene nicht immer so abgehen würden wie Flutschcreme, kaum dass wir in der Öffentlichkeit mal mit beiden Händen unsere Kronjuwelen auspacken, dann würde es nur halb so viel Spaß machen und als provokante Geste längst in Vergessenheit geraten sein. Man zeigt sich ja auch keinen Vogel mehr, weil das Aggressionspotenzial dieser Geste längst auf der Strecke geblieben ist. Bleiben Sie doch einfach locker, wenn Jugendliche mal wieder verbal ausfällig werden oder sich öffentlich am Schwanz spielen, als sei er ein Meerschweinchen. Lassen Sie sich nicht provozieren – schon nehmen wir Sie auch wieder ernst, im Rahmen unserer Möglichkeiten.

Versprochen. Oder, um im Bild zu bleiben: hang loose!

PS: Dieses Kapitel ist *kein* Outing. Ich verfüge in der Tat über einen exorbitanten Penis! Nur so nebenbei.

Kleines Glossar:

Schlampe (siehe: Bitch)
Gut aussehendes, arrogantes Chick mit einem Charakterfehler. Der besteht darin, dass sie sich erst nicht für mich interessierte und dann doch.

Sitte und Anstand

Haben Sie Freunde, die nach einem einzigen Schluck Sekt schon lallen? Gegen meine ex-beste Freundin Birgit sind das trinkfeste Gesellen.

Ein Mon Chéri gefressen, schon betrunken. Ein Glas Bier, und sie küsst die Kloschüssel. So ist Birgit, meine beste Freundin. Beziehungsweise mittlerweile eher entfernte Bekannte, denn sie hört seit Neuestem Tokio Hotel. Früher ist sie auf Kinderchöre abgegangen, da mochte ich sie noch. Ich bin wirklich nicht intolerant, aber das ist ja wohl ein Unterschied. Auf der einen Seite trällernde Kleinkinder in blöden Uniformen, auf der anderen Seite die Regensburger Domspatzen. Ich musste ihr die Freundschaft kündigen, das war eine Frage der inneren Hygiene. Ich meine, Bill Kaulitz: Wer kommt als Nächstes? Oli.P?

Aber zurück zum Thema. Was war das Thema? Ach ja: Sitte und Anstand. Oder erst einmal Birgits Umgang mit alkoholischen Getränken. Das eine führt zum anderen. Aber dazu später mehr. Erst einmal: Party. Es gehört zu einem nennenswerten Samstagabend dazu, am nächsten Morgen darüber nachzudenken, wie er ausgegangen sein könnte, da sind wir uns ja wohl einig.

(»Hast du denn deinen Schlüpper noch an?« – »Mal sehen ... tja ... da ist einer, aber den kenne ich nicht!?«)

Doch mit Birgit machte das irgendwie alles keinen rechten Spaß. Wie macht man denn auch eine *gemeinsame* Rauscherfahrung, wenn sich Birgit schon nach einem Cocktail benimmt, als ob sie die späte Amy Winehouse imitieren will?

Kaum haben wir ein Schlückchen vom »Sex on the Beach« genommen oder am Wodka O genippt, rutscht Birgit schon willenlos am Barsessel hinunter. Leider ohne jeden sexuellen Hintergedanken. Es ist ihr Kreislauf, der nicht mehr mitmacht – und ich als erfahrener Birgit-Begleiter weiß, dass jetzt ein paar wichtige Entscheidungen zu treffen sind, wenn man sich wie ein Gentleman benehmen möchte (und nicht gleich abhauen, was sicher in einem solchen Fall die beste Lösung für *mich* wäre). Erstens: Wie lange kann man gleichzeitig an einem Glas nippen, dafür sorgen, dass die liebe Freundin nicht wie ein Brett auf den Boden fällt, und dabei allen anderen im Raum den Anschein vermitteln, man führe ein anregendes Gespräch mit einer attraktiven, jungen Frau? Ich weiß doch, was die alle wirklich denken: »Der Typ hat dem armen Mädchen K.-o.-Tropfen untergejubelt.« *Ich* würde das auch denken, wenn ich die Szene aus einiger Entfernung etwas unbeteiligter beobachten würde: Wieso rollt denn dieses Weib so schrecklich mit den Augen, warum liegt der Kopf schon wieder auf dem Tresen, und dann diese ordinären, lauten Witze? Dabei ist die doch vor fünf Minuten erst gekommen. (In die Bar rein!)

Ich habe immer Höllenqualen ausgestanden, wenn Birgit schon nach einem Reagenzgläschen Bier zu einer besoffenen Peinlichkeit mutierte. (Schauen Sie sich mal den Film BLIND DATE mit Kim Basinger an, dann wissen Sie, wovon ich spreche, denn die von Frau Basinger verkörperte Figur hatte offenbar das gleiche Problem.)

Also, zurück zu Birgit: Wie lange muss man das aushalten, um sich gentlemanlike zu verhalten?

Bis zum heutigen Tag ist diese Frage nicht befriedigend beantwortet worden, muss ich gestehen. Sie geriet jedes Mal in Vergessenheit, wenn die anderen männlichen Gäste in der Cocktailbar begannen, Birgit auf diverse Freigetränke einzuladen. (K.-o.-Tropfen hin oder her – so hatten sie jedenfalls auch was von ihrem Zustand!) Birgit ihrerseits konterte spätestens nach etwa drei weiteren Getränken erfreut mit einem kleinen Tanz auf dem Tresen und trennte sich dort so lasziv, wie das eben nur eine volltrunkene Oberschülerin kann, von ihren wenigen Kleidungsstücken. Meine aktuelle Frage lautete in diesen Momenten: Ab welchem Teil muss ein befreundeter Gentleman einschreiten, wenn er sich nicht in einer Tabledance-Bar befindet und die Vorführung zum üblichen Unterhaltungsprogramm des Etablissements gehört? Beim Rock? Beim T-Shirt? Beim BH? Oder gäbe es auch darüber hinaus noch einen gewissen Verhandlungsspielraum?

Tja, leider, leider musste ich *diese* Frage ebenfalls nie erschöpfend beantworten. Meistens knapp nach dem T-Shirt, aber *immer* schon vor dem BH wurde es Birgit so schlecht, dass sie vom Tresen auf den Hocker rutschte und mit ein paar schwankenden Schritten in Richtung Toilette eilte. Jetzt kam die heikelste Gentlemanfrage von allen, zumal sich das restliche Pack in diesem Moment zu *mir* umdrehte und mir damit sozusagen in dieser Angelegenheit den Hut aufsetzte: Musste ich jetzt zusammen mit Birgit auf der Damentoilette verschwinden und ihr beim Kotzen die Haare zurückhalten? Konnte man das von mir verlangen? Ich meine, das ist doch eklig! Ich blätterte gedanklich in meinem Zitatenschatz der Weltliteratur. Stand da etwa irgendwo geschrieben: »Ein wahrer Gentleman ist derjenige, der seiner Freundin beim Kotzen die Haare hochhält«? Nö, davon hatte ich noch nie gelesen. Stattdessen kam mir ein Zitat von Albert Camus in den Sinn. Den werden Sie nicht kennen, der war Franzose und schrieb über die Pest und so Sachen, aber auch für mich hatte er zumindest *eine* willkommene Weisheit auf Lager:

»Um glücklich zu sein, darf man sich nicht zu sehr mit den Mitmenschen beschäftigen.«

Glücklich sein wollen wir ja alle. Auch Birgit. Um sie nicht zu beschämen, habe ich sie deshalb auch montags nie gefragt, wie sie nach Hause gekommen ist. Diskret wie ein Gentleman, gelernt ist gelernt. Aber vermutlich hätte sie sich sowieso nicht dran erinnern können.

Kleines Glossar:

Speckbarbie

Völlig unkomische Umschreibung für eine fette Blondine in Teenie-Klamotten, die aber nie von uns, sondern immer nur von Ihnen benutzt wird und wodurch Sie fälschlicherweise den Eindruck erwecken wollen, Sie wüssten, mit welchen sprachlichen Codes wir operieren.

Tag, normaler

Angeblich sind Heranwachsende wie ich allein nicht überlebensfähig. Sagen Erwachsene. Höchste Zeit, den Gegenbeweis anzutreten.

Morgens um sechs Uhr, irgendwo in Mönchengladbach. Normalerweise reißt mich zu diesem Zeitpunkt ein »Steh endlich auf, du fauler Sack!« zärtlich aus dem Schlaf. Ein lauter Wecker und mein Vater teilen sich nämlich den undankbaren Job, mich an Schultagen aus den Federn zu holen. Nicht so heute. Ich kann mir das nicht erklären: Mein Vater verschläft eigentlich nie. Dann fällt es mir ein: Die Alten sind ja weg! Eine Hochzeit in Ostdeutschland. Die kommen erst morgen wieder zurück. Ich bin auf mich allein gestellt. Halleluja!

Leider gibt der Wecker heute sein Bestes. Schlummerfunktion. Den hat meine Mutter vermutlich manipuliert. Meine Augen sind schon halb offen. Das heißt jedoch nicht, dass ich wach bin. Ich schlafe nur nicht mehr. Ich könnte jetzt natürlich liegen bleiben und weiterdösen. Das würde meiner Entwicklung in dieser kritischen Phase der Pubertät sicher besser bekommen als ein paar Stunden mit Algorithmen und den Mendel'schen Regeln. Ich könnte die Unterschrift meiner Mutter auf einer Entschuldigung fälschen und mir eine besonders hässliche Krankheit ausdenken: nässender Genitalpilz vielleicht oder eine Gürtelrose. Sehr verlockender Gedanke, zumal ich noch sooo müde bin. Ich sollte nicht immer die ganze Nacht *Domian* anschauen.

Aber heute bin ich mal total diszipliniert und zwinge mich aus dem Bett. Jeden zweiten Schultag krank zu sein, kauft mir keiner von meinen Lehrern auf Dauer ab, es sei denn, ich sehe bald aus wie ein ukrainisches Magermodel. (Das ist aber nicht absehbar.)

Noch im Dämmerzustand lande ich um halb sieben im Bad, wo eine warme Dusche auf mich wartet. (Der Witz, der Ihnen dazu einfällt, ist sogar unter meinem Niveau.)

Unter der Dusche stehen zwei Shampoos. Auf dem einen steht in großen schwarzen Buchstaben: »Für trockenes und sprödes Haar«. Häh? Für wen ist das denn? Ich hätte viel lieber weiches und glänzendes Haar. Ich greife also zu der anderen Shampooflasche und seife mich ein. Das läuft so weit ganz gut ohne nennenswerte Zwischenfälle. Nach der Dusche muss ich erst einmal auf die Toilette, wie jeden Morgen.

(Kurzer Einschub. Für zarte Gemüter sind die folgenden Zeilen womöglich nicht geeignet. Ich meine, ich habe kein Problem mit meinem Stoffwechsel und auch keine Scheu, mich detailfreudig darüber auszulassen. Falls Sie allerdings nicht so gern Geschichten lesen, in denen *Fäzes*, also die feste Ausscheidung des Darms, eine Rolle spielen, dann würde ich empfehlen, den nächsten Abschnitt einfach zu überspringen. Scheiße noch mal, sind Sie aber auch empfindlich!)

Wo waren wir? Genau: auf dem stillen Örtchen. An meinem letzten sturmfreien Tag. Gemütlich setze ich mich hin, summe eine fröhliche Melodie und erledige dabei meine morgendlichen Geschäfte. Ich greife nach links und: verdammt! Kein Klopapier mehr im Halter. Unzählige Male ist mir das schon passiert. Wieso hat meine Mutter mir nur überflüssigen Quatsch beigebracht, statt mir auf dem Lokus einen automatischen Vorabcheck einzubimsen? Doch es kommt noch besser: Im Schrank gegenüber ist auch kein Papier mehr. Wie eine Ente schleiche ich gehockt, mit ausgestrecktem Arsch und Händen, die sich unter den Kniekehlen umfassen, die Treppen hinab in den Keller. Dort müssten noch Papiervorräte lagern. Zum Glück sind meine Eltern nicht zu Hause. Im Keller finde ich die benötigten Utensilien. Ich hätte auch echt keine Lust darauf gehabt, mit nacktem Arsch beim Nachbarn anzuklingeln. Bei meinem Glück würde ich mich bei so einer Aktion auch noch aussperren. Ich weiß, dass es ein bisschen krank ist, sich so eine Situation in allen unschönen Einzelheiten auszumalen, aber ich kann nicht anders. Ich stelle mir sogar manchmal vor, dass mich auf dem Entengang zum Nachbarn ein Gewitter überrascht und ein Blitz in meinen unabgeputzten Arsch fährt! Da bekäm der Begriff »elektrischer Stuhl« noch mal eine ganz andere Bedeutung. Hey, ich weiß, das ist echt ein bisschen infantil, und ich sollte keinen Erwachsenen hören lassen, was mich alles so beschäftigt. Der Weg zum Therapeuten wäre schon vorgezeichnet.

Doch das sind die Sorgen von morgen. Jetzt heißt es erst einmal: Frühstück! Normalerweise ist das schon fertig, wenn ich aufstehe. Das natürliche Habitat meiner Mutter ist die Küche, da möchte ich ihr auch nicht in die Quere kommen. Das ist eine Frage des Respekts. Heute allerdings muss ich die Angelegenheit selbst in die Hand nehmen. Ich nehme mir eine Tasse, schütte Kakaopulver und Milch hinein und stecke das Ganze in die Mikrowelle. Wie lange dauert das? Ich tippe mal auf fünf Minuten. In der Zwischenzeit kann ich mich auf mein Frühstücksei konzentrieren. Ich hole mir eins aus dem Kühlschrank und lege es in kochendes Wasser. Dabei fällt mir eins auf den Boden. Mist! Wo sind jetzt die Lappen? Ich wohne seit siebzehn Jahren in diesem Haus, aber wo die Lappen liegen, war mir bis heute egal. Wozu haben wir denn Personal?

Also greife ich einfach zu einem rot karierten Abtrockentuch und wische das Ei auf dem Boden weg. Ein weiteres Ei wird ins Wasser gelegt. Während es kocht, kann ich mir ja schon einmal ein Brot schmieren. Zwei Salamischeiben aufs Brot geballert, fertig. Der Kakao ist auch so weit. *Autsch!* Verdammt, seit wann kann Kakao kochen? Meine Zunge fühlt sich an wie ein glühendes Grillbrikett. Super. Damit hätten sich meine Geschmacksnerven für den Vormittag verabschiedet. Ich schütte den heißen Kakao weg und stelle die Tasse in die Spülmaschine. Ein bisschen Kakao war noch drin. Was ich nicht wusste: In der Spülmaschine war durchweg sauberes Besteck. Wie gesagt: war. Mittlerweile blubbert auch das Eierwasser, und ich sehe gerade noch, wie es überkocht. Ich stelle rasch den Herd aus und wische alles weg, was daneben ging. Was ich übersehen habe: Das kaputte Ei klebte noch im Handtuch. Das ergibt ein paar unschöne Muster auf dem Herd und auf dem Boden, eine ziemliche Sauerei, so alles in allem. Ich gebe auf. Das war's für mich in der Küche für heute – um den Dreck kümmere ich mich später. Und was das Frühstück angeht – wozu gibt's Burger King?

Ich schaue auf die Uhr. Bin spät dran, das war klar. Kommt vier von fünf Mal in der Woche vor. Ich kriege das einfach nicht in den Griff. Ich gebe meinen Eltern die Schuld. Wieso schaffen sie es nicht, ein so hoch motiviertes Kind wie mich rechtzeitig für die Schule zu präparieren? Dass ich auch heute den Bus verpasse, wo meine Eltern gar nicht in der Nähe sind, führe ich darauf zurück, dass sich antrainierte Automatismen nicht von heute auf morgen aushebeln lassen. Meine Eltern müssten gleich mal einen Monat wegbleiben, damit ich das Problem in den Griff bekommen könnte. Aber diesen Gefallen tun sie mir natürlich nicht.

Jetzt muss ich wieder zu Fuß zur Schule gehen. Wie oft ist mir das schon passiert? Ich kann es gar nicht mehr zählen.

Kennen Sie noch dieses Gefühl von früher, wenn Sie pünktlich in der Klasse saßen, alle Hausaufgaben gemacht hatten und perfekt auf den Unterricht vorbereitet waren? Die Tage, an denen der Lehrer in die Klasse kam und Sie wussten: Der Arsch kann mir gar nix? Kennen Sie das noch?

Also *ich* kenne das nicht. Es ist ein schreckliches Gefühl, um zehn nach acht in die Klasse gestolpert zu kommen und zu wissen, dass der heutige Tag so scheiße anfängt, wie der letzte aufgehört hat.

»Wieso so spät, Fabian?«

»Sorry, Herr Laumeyer, mein Bus hatte Verspätung.«

»Soso, dann zeig mir doch mal deine Hausaufgaben.«

Super. Meine Hausaufgaben. Wann, glaubt dieser Typ, hätte ich denn Zeit gehabt für meine Hausaufgaben? Meine Eltern haben mich allein zu Haus zurückgelassen. Da kommt man auf viele Ideen, aber sicher nicht darauf, seine Hausaufgaben zu erledigen. Außerdem macht es eh keinen Unterschied, ob ich den Unterrichtsstoff beherrsche. Das deutsche PISA-Ergebnis wird dadurch auch nicht besser.

Ich setze mich also auf meinen Platz und krame ein wenig in meiner Tasche herum. Reines Alibi. Es wäre ein Wunder, wenn sich darin die verlangten Arbeiten finden lassen würden. Meine Ausgrabungen ziehen sich ein wenig in die Länge, und ich hoffe, dass Herr Laumeyer vergisst, was er eigentlich von mir wollte. Er ist schließlich schon in so einem Alter.

Es klopft an der Tür. Gott sei Dank! Ein Amokläufer? Nein, es ist nur unser Schulleiter, der sich fragend umschaut und dann mit dem ausgestreckten Zeigefinger auf mich zeigt. Glauben Sie mir, noch nie habe ich einen Amoklauf so sehr vermisst wie in dieser Sekunde. Wo bist du, Pumpgun-Mann, wenn man dich wirklich mal braucht? Unser Direktor schaut grimmig. Was will er bloß von mir?

»Hintzen, mitkommen!«, bellt er streng.

»Okay«, sage ich leise und überlege mir, was ich angestellt haben könnte? An meinen schlechten Leistungen wird es wohl kaum liegen: Ich bin ja fast nie in der Schule. Ach so, *das* könnte natürlich auch sein Problem sein. Ich gehe mit ihm vor die Tür. Sofort legt die Lederhaut los.

»Fabian, du fehlst häufig in letzter Zeit. Hast du ein Problem?«

Denkt er jetzt, dass ich von Mitschülern gemobbt werde, oder ahnt er, dass ich einfach nur gerne ausschlafe? Ich entscheide mich für weinerliche Eingeständnisse, gemixt mit viel Phantasie.

»Ja, das stimmt. Ich hatte viel Stress in letzter Zeit. Mein Vater trinkt, meine Mutter kauft jeden Tag Unterwäsche beim Teleshoppingsender, und mein Bruder pinkelt wieder ins Bett …«

Unser Direktor schaut zweifelnd. Vermutlich überlegt er schon, ob der Schulpsychologe spontane

Sonderschichten fahren kann. Also rudere ich besser mal zurück, bevor ich demnächst nach der Schule noch ein paar Einzeltermine bei einem Kopfklempner absolvieren muss.

»Jetzt ist bei uns aber wieder alles in Ordnung – ich komme nun wieder regelmäßig zum Unterricht, sogar pünktlich!«

»Das will ich auch hoffen. Ansonsten müsstest du deine schulische Karriere an einem anderen Institut fortsetzen, okay?«

Er lässt keinen Zweifel daran, dass ihm das persönlich am Arsch vorbei geht.

»Okay«, sage ich leise.

»Okay?«, wiederholt er lauter.

»OKAY!«, brülle ich zurück, als sei ich ein Rekrut auf dem Kasernenhof und mein Direktor der diensthabende Kapo. Ich kann mich gerade noch zurückhalten, vor ihm zu salutieren. Das scheint ihm zu gefallen, er winkt lässig mit dem Arm. »Abtreten« soll das wohl heißen – ich kann wieder zurück in den Unterricht. So ein Mist, jetzt muss ich ein paar Wochen pünktlich zum Unterricht kommen, bis Gras über die Sache gewachsen ist.

Zumindest gibt es eine positive Nachricht: Meine fehlenden Hausaufgaben hat Herr Laumeyer inzwischen vergessen. Er hat nur die Verspätung notiert – mal wieder. Ich bin in der Regel *immer* unpünktlich. Kennen Sie Leute, die man aus Prinzip eine halbe Stunde vor Partybeginn einlädt, damit sie halbwegs pünktlich kommen? In meinem Fall ist das extremer.

Wer mich zum Abendessen einladen will, sollte mich am besten schon zum Nachmittagskaffee bestellen, dann besteht eine kleine Chance, dass ich rechtzeitig auftauche.

Der weitere Schultag vergeht ohne besondere Vorkommnisse. Wobei, stimmt nicht ganz: Nach Monaten träger Teilnahmslosigkeit melde ich mich zum ersten Mal wieder im Matheunterricht. Na gut, die Frage meines Lehrers lautete: »Wer hat das jetzt immer noch nicht verstanden?«, aber man muss auch mal meinen guten Willen würdigen. Normalerweise wäre ich zu diesem Zeitpunkt doch schon längst weggedöst.

Nach der Schule heißt es erst mal wieder: Essen organisieren. (Meine Eltern sind ja immer noch in Ostdeutschland – was deren Versorgungslage angeht, möchte ich wirklich nicht mit ihnen tauschen.) Nachdem meine Frühstücksbemühungen so unglücklich verlaufen sind, bin ich langsam ziemlich hungrig, jetzt müssen schnelle Entscheidungen getroffen werden.

Ich stehe vor der Wahl: Ernähre ich mich ungesund, schade meinem Körper und verhalte mich verantwortungslos, indem ich bei Burger King ein paar Hamburger in mich hineinstopfe? Oder mach ich mir doch lieber eine Tiefkühlpizza warm? Die Antwort liegt auf der Hand: Fast Food. Es lebe Burger King! Leider wird mir nach einem Blick in meinen Geldbeutel klar, dass ich gar keine Wahl *habe*. Beim Burgerbrater könnte ich nicht mal eine kleine Pommes ohne

Ketchup und Mayo bestellen, ohne hinterher eine Schicht spülen zu müssen. (Das war die letzten beiden Male schon so peinlich.)

Also doch Pizza. Ein paar lagern ja eigentlich immer im Eisfach unseres Kühlschranks. (An der Seite von ungefähr zwanzig Kilo Fleisch und eingefrorenen Lebensmitteln – meine Mutter erwartet anscheinend täglich, dass ein Versorgungsnotstand in Deutschland den Nachschub bei Lidl und Aldi zusammenbrechen lässt.) Die schlechte Nachricht ist nun: Ich bin mental offenbar noch nicht in der Lage, eine Pizza warm zu machen. Hat man mir ja nie beigebracht. Ich erinnere mich noch an meinen ersten tragischen Versuch, eine Thunfisch-Tiefkühlpizza mundgerecht zu servieren. Für so viel Unheil, das ich innerhalb von zwanzig Minuten anrichtete, brauchen die Jungs von JACKASS mindestens zwei Sendungen.

Dabei hatte ich mich doch an jede Gradzahl und Zeitangabe auf der Verpackung gehalten. Trotzdem schmeckte der belegte Teigklumpen widerlich. Nein, ich präzisiere: Eine Hornhautsuppe schmeckt *widerlich*. Die Pizza schmeckte hingegen *abscheulich*. Vielleicht hätte ich die Klarsichtfolie vor dem Backen entfernen sollen. Das ist mir leider erst aufgefallen, als sie sich bei 200° C Umluft zischend in den Karton einbrannte und ich den Feuerlöscher einsetzen musste, um den Küchenbrand einzudämmen. Heute ist meine Mutter sogar froh darüber, dass mein erster Pizza-Versuch in die Hose ging. Der neue Backofen sei doch viel schöner, sagt sie immer.

Es bleibt mir nichts anderes übrig. Ich werde es ein zweites Mal versuchen müssen, wenn ich nicht verhungern will. Ich schiebe eine Margherita *ohne* Folie in den Ofen, stelle alles ein und setze mich ins Wohnzimmer zu meinem Bruder, der gerade eine Kochshow im Fernsehen anschaut. Wieso sieht dort alles so einfach aus? Blanchieren, tranchieren, probieren – und dabei auch noch Gewicht verlieren. Lecker sieht das aus, was Herr Mälzer und seine kichernden Gäste in einer Studioküche zaubern. Mein Bruder Felix und ich widmen uns der Zubereitung einer gefüllten Gans mit wachsender Begeisterung. Uns tropft das Wasser aus den Mundwinkeln wie ein paar Rottweilern vor dem Holzkohlegrill. Mein Bruder schaut mich irritiert an. Ich weiß, was er denkt: Warum kann unsere Mutter so was nicht und versorgt uns stattdessen mit Blumenkohl und Wirsing? Aber ich liege falsch:

»Sag mal, riechst du das auch?«

»Tschuldigung, ich fühl mich halt wie zu Hause.«

Immerhin wohne ich hier.

»Nein, nicht *das!* Es riecht nicht faulig, es riecht eher verbrannt.«

Oh nein, nicht schon wieder. Die Pizza! Ich hätte mich besser mal auf *mein* Mittagessen konzentrieren sollen, statt die Fernsehgans anzuschmachten. Aus der Küche dringt dichter Rauch. Ich reiße die Fenster auf und schaue in den Ofen. Ein Massaker! Die Pizza ist vollkommen verkohlt und stinkt nach Waldbrand. Im Backofen zerplatzen schwarze rußige Bläschen an den Seitenwänden und hinterlassen eine zähe, übelriechende Schmiere. Wird wirklich Zeit, dass meine Mutter hier mal wieder nach dem Rechten schaut.

Ich schmeiße den schwarzen Klumpen – formerly known as Margherita – in den Mülleimer. Obwohl ich so langsam vor Hunger mit den Zähnen klappere, gibt es dazu keine Alternative. Was soll ich jetzt tun? Pizzas gibt's noch genug im Eisfach. Soll ich einfach noch mal von vorne starten? Darauf hoffen, dass der dritte Versuch schon klappen wird? Ich bin ein optimistischer Mensch, aber kein Träumer. Lieber nicht. Wozu ist mein Bruder da, wenn man ihn nicht anpumpen kann? Ich rufe beim Italiener um die Ecke an. Der macht Pizza schließlich beruflich, da stehen die Chancen auf ein brauchbares Resultat gar nicht so schlecht.

Bis das Essen eintrifft, kann ich mich erst mal weiter nützlich machen. Wäsche waschen zum Beispiel. Meine Eltern sind ja schon ein paar Tage weg. Einkleiden wird langsam schwierig. Ich habe noch nie Wäsche gewaschen. Aber das kann nicht so schwer sein. Meine Mutter kriegt es ja auch hin, und die hat nicht mal Abitur. Ich weiß zum Beispiel, dass man Wäsche trennen muss. Das habe ich mal aufgeschnappt. Also werfe ich alle Hosen in einen Wäschekorb, getrennt von den Socken, den Pullovern und den T-Shirts. Das Trennen war schon mal einfach. Ich stecke alle T-Shirts in die Waschmaschine. Was jetzt? Fragen stellen sich: Wie lange dauert der Waschgang? Welches Waschmittel? Wie viel Grad? Ich entscheide mich für den Kochwaschgang. Sonst geht der ganze Schmodder doch gar nicht raus aus den Klamotten. Der weiße Kasten setzt sich ratternd und ächzend in Bewegung. Muss das so? Hoffentlich. Zum Glück fällt mir noch ein, dass ich das Waschpulver vergessen habe. Ich schütte sechs Löffel davon in eine dafür vorgesehene Klappe. Nach einem prüfenden Blick stelle ich allerdings fest: Mist, das war der Trockner …

Bevor ich das Malheur beseitigen und das Waschpulver in die Waschmaschine umleiten kann, klingelt es an der Tür.

Ich renne nach oben und erkenne durch die Glastür einen rot gekleideten Mann. Feuerwehr? Brennt der Backofen jetzt doch wieder? Aber nein, es ist nur der uniformierte Bote vom Italiener, den man in einen roten Overall gezwängt hat. Er sieht aus wie ein Mechaniker von Michael Schumacher während seiner Ferrari-Phase, aber das soll mir egal sein, wenn seine Pizza okay ist. Er überreicht mir die ausladende Pappschachtel und verlangt stolze neun Euro. Soll ich mir vom Zehner meines Bruders einen Euro zurückgeben lassen, oder ist der Rest angemessenes Trinkgeld? Ich entscheide mich für einen weltmännischen Auftritt:

»Hier, stimmt so. Für den Rest gehen Sie mal zum Friseur!«

Ich schließe mich mit der Pizza auf dem Klo ein, bevor mein Bruder auf die Idee kommt, auch ein Stück abhaben zu wollen. Bei dieser Gelegenheit stelle ich fest, dass es in der ganzen Wohnung aussieht, als sei eine wilde, ausgelassene Party darin gefeiert worden. Das könnte daran liegen, dass vorgestern eine wilde, ausgelassene Party darin gefeiert *wurde*. Und zwar von mir und meinem Bruder sowie unseren fünfzig besten Freunden. Auf dem Teppich im Wohnzimmer hat sich ein klebriges Gemisch aus Chipsresten, Bier und dem unverdauten Mageninhalt eines jungen Zechers abgelagert, mit dem man vermutlich einen Gehweg teeren könnte. Höchste Zeit, sich langsam mal um die Wiederherstellung einer gewissen Wohnqualität in unserem Heim zu bemühen. Ich schlinge die letzten Reste der Pizza nahezu ungekaut hinunter, denn ich habe keine Zeit mehr zu verlieren. Jetzt heißt es: aufräumen. Womit fängt man da an? Ich packe zunächst mal alle Bierflaschen in eine Ecke, schließlich gibt es noch Pfand zurück. Davon gönne ich mir normalerweise den ein- oder anderen Flutschfinger vom Kiosk. Diesmal könnte ich mir vom Pfanderlös allerdings drei Wochen in der Karibik gönnen, inklusive Cocktails am Strand und einer täglichen Rückenmassage. Theoretisch. Wir hätten halt nicht die Hälfte der leeren Flaschen aufs Gartenhäuschen des Nachbarn werfen sollen. Jetzt ist höchstens noch ein Ausflug an die Mosel drin. Schade.

Ich schütte die letzten Schlückchen aus den Flaschen in die Blumenkübel im Garten und bringe die Kästen in die Garage. Jetzt muss ich noch die Ringe entfernen, die sich dort gebildet haben, wo das Bier stand. Neue Fragen drängen sich in den Fokus: Welchen physikalischen Hintergrund hat die Tatsache, dass Bierflaschen Ringe hinterlassen, und: Heißt das, dass auf meinen Augen gestern Nacht Bierflaschen gestanden haben müssen?

Es ist nicht einfach, den ganzen Schmutz und Unrat aus den Schränken meiner Eltern zu entfernen. Überall steht unnützer Schund herum. Meine Mutter sammelt, ich zitiere: »die gegenständliche Existenz der Schönheit und Wohlgeformtheit«. Heißt übersetzt: Gläser. Meine Mutter sammelt Gläser! Stinknormale Gläser. Sie hat Tausende von Gläsern in einer Glasvitrine ausgestellt. Warum tut sie das? Sie trinkt nicht daraus, nie. Sie sammelt tatsächlich Gläser und trinkt nicht draus, mit dem Argument: »Ja, weißt du denn nicht, wie teuer die waren?«

In so einem Haushalt lebe ich. Nur damit Sie sich ein Bild machen können.

So gegen acht Uhr abends ist unser Haus wieder komplett sauber, aufgeräumt und mutterbereit. Besser geht es nicht. Endlich komme ich dazu, mal wieder nach der Waschmaschine zu sehen. Meine T-Shirts sind schön sauber, wie ich auf den ersten Blick erkenne. Sie sind vielleicht ein wenig eingelaufen, das ja. Ich könnte sie jetzt prima in einem Puppenhaus einsetzen, gesetzt den Fall, ich *hätte* ein Puppenhaus. Auch die neue Einheitsfarbe (verwaschenes Grünlichblau) sieht eigentlich ganz gut aus. Naja, ich wollte mir sowieso ein paar neue T-Shirts kaufen. Das kläre ich dann mit meinen Eltern, wenn die aus der ehemaligen Ostzone zurückgekehrt sind.

Ich werfe noch die Hosen in die Waschmaschine und hoffe, dass sie sich dort ein bisschen besser schlagen als die T-Shirts. Dann gehe ich ins Bett. War schließlich ein langer Tag. Ich habe das Gefühl, dass ich stolz auf mich sein kann. Warum bilden sich Eltern bloß immer ein, ohne sie wären wir total aufgeschmissen? Ich vermute, das hilft ihnen, sich selbst ein wenig nützlicher zu fühlen – wir sind quasi ihre Daseinsberechtigung. Die Illusion möchte ich ihnen auch nicht nehmen, ich wertschätze meine Eltern schließlich. Drum werde ich morgen auch meinen Vater bitten, dass er mir ein paar neue T-Shirts kauft, und meine Mutter fragen, wie man richtig wäscht und eine Pizza aufbackt. Nur, damit sie sich ein bisschen besser fühlen und nicht merken, wie gut wir eigentlich allein zurechtkommen.

Talkshow

Im richtigen Moment die Klappe zu halten, das kann man vielleicht von Politikern verlangen. Aber doch nicht von einem Halbwüchsigen wie mir.

Ich bin ja als Comedian ein gefragter Mann. Beinahe schon ein bisschen berühmt, okay, sagen wir: populär. Das ist meistens schön, manchmal aber nicht. Schön ist es zum Beispiel, wenn Paris Hilton anruft und sich mit mir treffen will, oder G-Star bei mir anfragt, ob sie mich sponsern dürfen. Leider ist das beides noch nicht vorgekommen. Nicht so schön ist es hingegen, wenn Lehrer mich aufgrund meines Erfolges dissen und unfair behandeln. (Das kommt beinahe täglich vor.) Unschön ist es aber auch, in eine Talkshow eingeladen zu werden, in der mehrheitlich Erwachsene sitzen. Die verstehen einfach meinen Humor nicht, diese Gruftis. Neulich wieder. Ich saß fröhlich und ausgeglichen im Studio. Da brüllt mich da so eine Stoppelfrisur an.

»Was für ein Hosenscheißer«, rief sie und verteilte dabei Wuttropfen im Saal wie ein Zimmerspringbrunnen. Ihre radikale Vergangenheit als hennarote Hässliche mit Nickelbrille und »Schwanz ab«-T-Shirt kräuselte kurz an der Oberfläche ihrer kultiviert gestylten Fassade.

»Schleifen Sie Ihre Freundin noch an den Haaren in die Höhle?«

»Keineswegs«, grinste ich zurück, »meine Mädchen kennen ihren Platz!«

Natürlich sollte das ein Witz sein. Sie kennen mich doch. Vielleicht hätte ich aber doch meinen Mund halten sollen, denn nun rumorten auch alle anderen Damen im Saal feindselig und laut. Die Kamera lief ungerührt weiter. Kabelträger mühten sich, die Meute zu besänftigen. Die Moderatorin, eine quäkende Adrette mit Perlenkette, winkte verstört ins Rotlicht: »Ja meine Damen und Herren, da habe ich Ihnen nicht zu viel versprochen – Fabian Hintzen, ein streitbares Kerlchen …«

Ich hätte es mir denken können. Talkshowgast mit siebzehn? Das verhieß nichts Gutes. Diplomatie und gute Manieren gehören einfach nicht zu meiner Grundausstattung. Vielleicht kommt das noch, wer weiß? Das Thema des Abends lautete: »Warum fallen Frauen immer auf Machos rein?«, und ich sollte aus der Perspektive der Generation Porno auch ein paar Statements zum Besten geben. Schließlich wollen unsere Oldies den Kontakt zur jugendlichen Basis nicht verlieren.

Der Typ neben mir im Cordanzug brachte den Stein ins Rollen. Zum Thema des Abends wusste er nicht viel beizutragen. Er war, wenn ich ihn richtig verstanden hatte, ein Kirchenfritze in einer schwäbischen Pfarrei und gegen Sex vor der Ehe. Was er hier verloren hatte, war mir schleierhaft, denn weder als Opfer noch als Schwein war der Typ wirklich geeignet. Seine weinerlichen Wortbeiträge wurden begleitet vom heftigen Applaus herangekarrter Kampfweiber und bargen Sätze wie: »Wir Männer müssen lernen, weiblicher zu denken«, oder: »Ich schäme mich für meine Wollust!«

Einige Zeit ertrug ich das Gewinsel. Doch als er auch noch begann, Bert - einen mehrmals unglücklich verheirateten Familienvater mit sechs Kindern von vier Frauen - blöd von der Seite anzulabern und ihn bat, nicht weiter als Kampfkaninchen durch die deutschen Betten zu hoppeln, hielt es mich nicht länger.

»Du Waschweib«, meckerte ich den braunen Cordanzug an. »Seinen Frauen hat es offenbar gefallen, ich möchte die armen Elsen sehen, die dir über den Weg gelaufen sind!«

Angespornt von so viel Rückendeckung, ergriff Bert, der Mann, der die Frauen liebte, die Gelegenheit, uns sein Lebensmotto zu verraten.

»Ein Mann muss tun, was er tun muss.«

Ich ergänzte fröhlich, was er sich nicht traute auszusprechen.

»Auch, wenn es den Schlampen hinterher leidtut!«

Schon entspann sich ein hübscher Dialog, der darin gipfelte, dass Bert und ich uns zum Online-Dating verabredeten.

»Gemeinsam machen wir die Schnecken klar!«

Das war das Signal für die Amazone mit der Kurzhaarfrisur, sie schrie und belferte, den Wortlaut kennen Sie ja. Na ja, nicht ganz. Nachdem der Tumult vorbei war und die Meute sich beruhigt hatte, ließ sich ein Mädchen aus dem Publikum das Mikrophon reichen. Ich brauchte gar nicht hinzuschauen. Als ich die Stimme erkannte, war mir klar, dass mal wieder alles gegen mich lief. Die Stimme sagte: »Was für ein albernes Gelaber von den Jungs! Mein Exfreund zum Beispiel. Er hält mir immer noch die Türe auf, bezahlt brav die Rechnung im Restaurant und hat im Bett nach seiner Drei-Minuten-Performance immer gefragt, ob er auch alles richtig gemacht hat, der Liebe. Soll ich mal mit dem Finger auf dieses Prachtexemplar zeigen?« Dabei grinste sie triumphierend in die Kamera. Ich wusste es gleich: Ich hätte Ashley einfach nicht mitbringen dürfen.

Kleines Glossar:

TWILIGHT
Hollywood-Film über Jugendliche, die nicht wissen, ob sie miteinander ficken sollen oder nicht, metaphorisch betrachtet. Langweiliger, als sich mit Fäustlingen in der Nase zu bohren.

Utopie (siehe: Date, super)
Das ist einfach: Lena Gercke ruft mich an und möchte dringend mit mir ausgehen.

Ü60

Amtlich feiern ist ein Privileg der Jugend. Ein guter Rat von meiner Seite: Die ältere Generation sollte sich da gepflegt zurückhalten, wenn sie sich nicht lächerlich machen will.

Ich grenze Leute nicht gerne aus, denn ich bin ein liberales, tolerantes Post-MTV-Kid, das gelernt hat, mit den absonderlichsten Phänomenen seiner Zeit klarzukommen. LINDENSTRASSE, Günter Netzer, Deutsche Bank – im Prinzip bringt mich wenig aus der Fassung. Als ich aber neulich auf dem Weg ins 38° war, um mich im Kreise meiner Freunde an ein paar alkoholischen Erfrischungen zu erfreuen, wurde meine Toleranz auf eine harte Probe gestellt. Ich sah, wie zwei ältere Muttchen auf eine Trittleiter stiegen und am Zaun einer Baustelle ein Plakat befestigten. Das wollte ich mir genauer anschauen. Vielleicht wurde da ja ein Bingo-Nachmittag angekündigt oder ein Treffen der Grauen Panther, Ortsgruppe Neuss-Norff. Vielleicht kam aber auch Sky Dumont auf eine Autogrammstunde vorbei, Meet & Greet im Pfarrsaal. Doch nichts davon. Es ging um eine Ü60-Party, die am nächsten Freitag in der Altenbegegnungsstelle der Pfarrei St. Bonifatius stattfinden würde, unter der Schirmherrschaft von Pastor Brunnemann. Pünktlich um 15 Uhr ginge es los, und wer im Kostüm erscheint, der muss keinen Eintritt zahlen. Hammer.

Von einer Ü30-Party hatte ich schon gehört, das nennt man in unseren Kreisen einen Geriatriker-Kongress. Auch die Ü40-Sause ist mir bekannt, unser Code-Wort auf dem Schulhof dafür lautet: Ringelpietz mit Resteficken. Ich weiß, das ist ganz schön respektlos. Aber wir sind Jugendliche, unser Ruf ist bereits ruiniert, warum sollten wir uns da Zurückhaltung auferlegen?

Eine Ü60-Party allerdings, das war neu für mich. Welcher Sonderpädagoge aus der freien Seelsorge hatte sich denn diesen Blödsinn ausgedacht? Beginn 15 Uhr! Kann man nicht einfach dabei bleiben, so eine Veranstaltung Kaffeekränzchen zu nennen und den örtlichen Orgelspieler für die musikalische Untermalung einzuladen? Warum musste es gleich eine Party sein? Das setzt unsere Alten doch nur unnötig unter Druck. In meinem Kopf wirbelten die ungelösten Fragen nur so im Kreis: Wie soll denn so eine Party aussehen? Tanzen mit Gehhilfe? Zuballern mit Eierlikör? Headbanging zu den Tremeloes oder Bully Buhlan?

Was zieht jemand an, der sich im Alltag kaum noch aus dem Trevira-Jogginganzug schält, wenn er sich noch mal richtig jung fühlen will?

Verstehen Sie mich da nicht falsch: Ich will niemandem vorschreiben, wie er sich altersgerecht zu kleiden hat. Ich bin ja nicht meine Eltern. Aber Rentnerinnen im Stringtanga? Der Pensionär in Chucks? Das muss doch wirklich nicht sein. Fragen sich Else Kling und Konsorten tatsächlich, ob man an einem solchen Abend im tiefen Ausschnitt oder einem Wonderbra aufläuft - wenn die wilde Else überhaupt noch einen trägt. Haben unsere Alten denn keinen Respekt vor der Schwerkraft? Oder ist es ihnen einfach wurscht, dass verschiedene Körperpartien sich steil in Richtung Süden bewegen, wenn sie nicht durch elastisch feste Stoffe daran gehindert werden?

Okay, vielleicht ist ja auch alles ganz anders, und ich tue diesen Leuten unrecht. Für mich ist eine Ü60-Party schließlich bislang unerforschtes Gebiet. Aber ich muss zugeben, dass meine Phantasie mir bei der Vorstellung, wie so eine Sause aussehen mag, ziemlich viel Futter liefert. Muss man sich das wirklich als Likörexzess mit lauter Partymucke, Lichteffekten und Schwof vorstellen? Oder sitzen unsere Pensionäre in Wahrheit auch bei so einer Ü60-Party bei Malefiz, Kaffee und Kuchen herum und tauschen ihre Erfahrungen über Magengeschwüre und Prostatabeschwerden aus?

Wobei *ein* Vorteil im Vergleich zu einer Ü18-Party natürlich auf der Hand liegt, das muss ich zugeben: Die Toilette bleibt immer sauber. Stattdessen singen die Alten fröhlich »Schwester Anna, die Pfanne ist voll!« und wippen dazu im Takt. Schwester Anna steigt erst in den Refrain ein: »U-Hu-Hu!«

Okay, das geht jetzt wirklich zu weit. Ich werde mich mäßigen, ich verspreche es. Aber einfach ist das nicht, bei dieser Vorlage. Ü60-Party – meine Güte.

Und dann gibt's ja auch noch das leidige Problem mit der Mucke: Wer kümmert sich um die Musikauswahl? Verlangen unsere Senioren nach einem DJ? Wahrscheinlich schon. So einen wie Westbam oder DJ Bobo, nehme ich an. Jungs, die vor sechs Jahrhunderten mal auf der Loveparade aufgelegt haben und nun seit einiger Zeit schon keine Designerdrogen mehr in ihrer Kanzel bunkern, sondern nur noch Rennie (räumt den Magen auf) und einen Pipi-Blocker gegen den ständigen Harndrang. Früher war alles besser ...

Ärmere Pfarrzentren, die sich so einen prominenten DJ nicht leisten können, spielen die Musik einfach vom Band ab. Ich kann mir nicht vorstellen, dass es zum Charakter einer solchen Veranstaltung passt, einen iPod mit ein paar Aktivboxen zu verkuppeln, aber einen Radiorekorder von Nordmende, in dem eine Kassette mit neunzig Minuten Spielzeit leiert und alle halbe Stunde Bandsalat produziert, doch, das klingt schon ganz realistisch.

Das macht die ausgewählten Hit-Tracks natürlich auch nicht besser. Das Medium-Terzett, ein Schmusesong von Udo Lindenberg für die verwegenen Tänzer, Vadder Abraham und natürlich sehr viel Roger Whittaker – so stelle ich mir eine bunte Musikmische auf einer Ü60-Party vor. (Eine Party, auf der so was gespielt wird, kann man ohnehin nicht ernsthaft Party nennen. Andererseits darf man nicht alle über einen Kamm scheren: Nicht jeder Oldtimer, der zu diesen Klängen mit dem Kopf wippt, muss das auch gleich gut finden. Bei manchen ist es einfach nur ein schlimmer Parkinson.)

Wenn es flott zugehen soll auf so einer Party – so gegen 20 Uhr, wenn die ersten Pensionäre schon leicht dämmern – dürfen dann auch hin und wieder die Rolling Stones mitspielen. Die sind ja selbst schon in einem Alter, in dem der Oberschenkelhalsbruch das Ende einläuten könnte. Aus versicherungstechnischen Gründen darf allerdings nur das schmusige »Angie« gespielt werden, die mitreißenden und rockigen »Sympathy for the Devil« oder gar »Satisfaction« haben die Krankenkassen schon lange auf den Index gesetzt. Zu anregend.

Wir können uns darauf einigen: Es ist schon eine fremde, eigentümliche Welt, in der sich Jugendliche und Rentner unter dem gleichen Oberbegriff vergnügen können, ohne zu wissen, wovon der andere eigentlich spricht, wenn er den Begriff Party verwendet. Nur in einer einzigen Hinsicht sind derartige Events für Achtzehnjährige genauso tückisch wie für Achtzigjährige, wenn auch aus unterschiedlichen Gründen: Niemand versteht, was der andere sagt. Entweder ist die Musik zu laut, oder das Hörgerät läuft schon auf Reserve. Das führt in beiden Fällen zu lustigen Dialogen:

»Hey, Rita!«
»Waaas?«
»Wie geht's dir, Rita?«
»Was ist bitter, der Drink?«

»Welcher Drink denn, ich trinke heute nur Wasser …?«

»Oh, von dem Zeug nehm ich auch einen Spritzer.«

»Stimmt! Ist spitze hier! Kein bisschen lahm.«

»Wer ist schwanger?«

»Nein danke, ich möchte keine Erdnüsse!«

»Wessen Füße?«

»Ja? Danke! Grüße zurück!«

»Gesundheit!«

Ich weiß ja nicht viel, was mein Leben angeht. Eines aber weiß ich ganz sicher: Wenn ich mal das stolze Alter von sechzig erreichen werde (und ihr schon alle tot seid!), dann werde ich auf gar keinen Fall eine Ü60-Party besuchen. *Ich* versuche, in Würde alt zu werden. Ein bisschen sabbern ist vermutlich nicht zu verhindern, und dass ich immer noch Premium-Mitglied auf der Internetplattform *Osteuropäische Möpse in 3D* bin, würde ich auch nicht abstreiten. Aber auf eine Ü60-Party werde ich auf keinen Fall gehen. Es muss andere Möglichkeiten geben, mein spannendes Leben mit anderen Menschen zu teilen und die ein- oder andere meiner Heldentaten zum Besten zu geben. Mein Fußpfleger kann sich schon mal drauf freuen.

Urlaub

Kennen Sie Sokrates? Alter Grieche, soviel ich weiß. Näher bekannt bin ich mit dem Herrn auch nicht, aber eines seiner Zitate gefällt mir: »Wer durch Reisen klüger werden will, darf sich selbst nicht mitnehmen.«

Da ist was dran. Aber meine Eltern haben für derlei feingeistige Bonmots keinen Sinn. Selbst die Ferien versauen mir die beiden: Ich muss immer noch regelmäßig mit ihnen in *Urlaub* fahren. Wobei der Begriff Urlaub diesen Zwangsaufenthalt in der Ödnis nicht genau trifft, dem ich dann drei Wochen ausgesetzt bin. Es fängt schon mit dem Ziel der Reise an: Rügen! Ich wiederhole: *Rügen!* Da steckt der Kotzimpuls ja schon beinahe im Wort, zusammen mit bleierner Müdigkeit: Rüüühhhgäääähn!

Im Gegensatz zu Rügen ist selbst Mönchengladbach der Busen der Madonna. Hier gibt es wenigstens fließendes Wasser, Clubs mit Musik, die nicht aus iPhone-Boxen kommt, und Hundekackbeutel-Automaten.

Zurück zum Thema Urlaubsfolter. Los geht's um sieben Uhr morgens. Die Autobahn ist leer. Auf unserer Seite. Wie damals beim Mauerfall: Alle fahren in den Westen – nur Familie Hintzen tuckert im hellblauen

Passat mit selbst gemachten Baguettes, Trinkpäckchen und Haribo in Richtung Zone. Zwischendrin unser Hund Barney, der jede volle Stunde mal raus muss. In Ermangelung von Mülleimern im wilden Osten bestehen meine Eltern auf der Einlagerung seiner Exkremente in Plastiktüten. Sie können sich ja vorstellen, wie das dem Inneren des Passats bekommt.

Kaum angekommen auf Rügen, folgt die nächste Enttäuschung: das Hotel. »Ein Stern ist doch völlig okay«, hat meine Mutter im Vorfeld argumentiert. Das spiegelt sich nun in Größe, Ausstattung und der erbärmlichen Dekoration des Zimmers wider. Selbst ein paar tote Katzen könnten dieser Hotelbutze nicht mehr Tristesse verleihen. Auch einen Pool vermisse ich schmerzlich. Immerhin haben Hoteldusche und Meer eines gemeinsam: Das Wasser ist kalt.

Tja, ich würde gern behaupten, dass ich im Verlauf der drei Wochen in der ehemaligen Deutschen Demokratischen Republik tolle, sonnige Tage verlebte und sich meine anfängliche Skepsis in gute Laune und Frohsinn verwandelte. Aber das wäre gelogen. Und so gemein bin ich nicht, irgendeinen von euch nach Rügen zu locken, um ihm dort drei unsäglich öde Wochen zu bescheren. (Ashley, du bist natürlich eine Ausnahme – für dich wäre Rügen prima. Es gibt da sogar noch Jungs vor Ort, die eine Vokuhila tragen und denken, das hätte Justin Timberlake jetzt auch so!)

Ich ertrug diese Zeit der intellektuellen Unterforderung nur mit Comics, eifrigem Training in linkshändiger Masturbation und stundenlangen Gewaltphantasien. Ich habe nie verstanden, wieso meine Eltern immer so viel Wert darauf legten, dass ich sie in die Sommerfrische begleitete. Bis ich meine Mutter eines Tages am Telefon sagen hörte: »Ach Mutti, wir würden ja auch mal gerne nach Mallorca fahren. Aber Rügen tut dem Fabian so gut. Stell dir vor, er liest da sogar hin und wieder, und er will jeden Abend früh ins Bett. Und tagsüber ist er so ausgeglichen und träumt mit so einem netten Gesichtsausdruck vor sich hin ...«

Einen lauteren Schrei hat Mönchengladbach nach dem 7:1 gegen Inter Mailand nicht mehr gehört!

Verkleiden

Ich verkleide mich nicht gern. Das ist ein Problem, wenn man im Einzugsgebiet der deutschen Karnevalshochburgen aufwächst. So stehe ich mindestens fünfmal im Jahr stundenlang vor dem Spiegel und denke: Nee, oder?

Die Beliebtheit von Maskenbällen hat meines Erachtens einen ganz einfachen Grund: Die Frauen, die scheiße aussehen, können sich endlich mal voll verhüllen und nach Herzenslust flirten. Das Gleiche gilt für die Typen mit Glatze (die im Karneval alle blaue oder rote Perücken spazieren tragen) oder Fußballfans (die endlich einen Grund haben, das Trikot vom FC Köln auch in der Kneipe anlassen zu können). Ich finde das ja auch nur fair - warum sollen nur wir Gutaussehenden regelmäßig zu Potte kommen, es muss auch ein paar Festtage im Jahr für die ästhetisch Zukurzgekommenen geben. Das ist *mein* Verständnis von Demokratie!

Das ist ja auch gar nicht mein Problem. Mein *Problem* lautet, wenn mal wieder ein spaßiger Flyer als MMS bei mir aufschlägt und mich zu einer Mottoparty einlädt: Als was gehe ich?

Im letzten Jahr hatte ich schon Einladungen für eine James-Bond-Party, eine Bad-Taste-Sause und einen Maskenball ohne Motto, nur eine Verkleidung wurde ausdrücklich verlangt. Nun muss man da sehr aufpassen, wenn man sich nicht zum Affen machen will. Es ist ein schmaler Grat zwischen lustig und lächerlich. Geht man als einäugiger Henker mit original Ziegendreck unter den Fingernägeln, springt vielleicht der Preis für das beste Kostüm des Abends dabei raus. Die Frauen aber machen garantiert einen Bogen um einen, bis auf diejenigen, die sich auch knallhart bei BAUER SUCHT FRAU bewerben würden. Das andere Extrem geht aber auch nicht. Wer sich für so eine Party aufbrezelt wie der jüngere Bruder von Dieter Bohlen, der kommt als eine Art eitler Gustav Gans rüber, das stinkt auch zehn Meter gegen den Wind. Außerdem sollte man sichergehen, dass die eigene Verkleidung die anderen Gäste nicht vor Rätsel stellt: Nichts ist so unangenehm wie die Frage: »Und watt stellssu dar?«

Überlegen Sie doch mal: Sie gehen davon aus, dass Sie durch die Wahl Ihres Outfits, Ihrer Frisur sowie Ihres staatsmännischen Auftretens überall gleich als George Clooney identifiziert werden. Was ist das für eine böse Überraschung, wenn einem dann eine attraktive Frau über den Weg läuft und als Erstes sagt: »Toll, dass mal ein Mann den Mut hat, hier als Dirk Bach aufzuschlagen.« (Nur so als Beispiel, das ist mir persönlich noch nicht passiert. Na ja, nicht oft.)

Da ist es doch sicherer, gleich zu kapitulieren und

sich ein blaues Schlumpfkostüm auszuleihen oder ganz *old school* als John-Wayne-Verschnitt mit Sheriffstern aufzulaufen. In einem solchen Fall sind Missverständnisse ausgeschlossen. Mein Freund Wumpe geht immer als Pilot, weil er gelesen hat, dass die meisten Frauen eine Affäre mit einem Piloten haben wollen, knapp gefolgt vom Arzt. Ich glaube allerdings, dass Wumpe da was missverstanden hat. Die Untersuchung bezog sich wohl eher auf die Wünsche von Frauen ab fünfunddreißig und nicht auf die erotischen Schwärmereien von fünfzehnjährigen *BRAVO*-Leserinnen. Da wäre man als James Blunt, Jack Johnson oder von mir aus auch als Kurt-Cobain-Imitat deutlich weiter vorn. Für mich kam das aber alles nicht infrage. Ich bin ja mehr so ein Typ, der wenig Aufhebens um seine Person macht. Ich lasse da lieber meine Persönlichkeit sprechen, wenn Sie verstehen, was ich meine. Ich suche in einem Kostüm nach würdevoller Reife, kombiniert mit einer gewissen Weltläufigkeit, sozialer Kompetenz, aber auch ein wenig demütiger Bescheidenheit. Das ganze Programm, mit einem Blick. Sie können sich ja vorstellen, dass es nicht so einfach war, bis ich da was Passendes für gefunden hatte. Aber diese Zeiten sind zum Glück vorbei: Ich gehe jetzt einfach immer als Superman und rette die Mädels unter mein Gewand. Das Schöne an Kostümfesten ist ja dieser unwiderstehliche Dreiklang aus albernen Gewändern, preiswerten Getränken und hirntoter Stimmungsmusik. Niemand, der diesem Dreieck des Grauens länger als eine Stunde ausgesetzt ist, erwartet noch intelligente Konversation. Hatte ich behauptet, dass ich mich nicht gern verkleide? Ich denk noch mal drüber nach …

Kleines Glossar:

Verhütung

Offenbar eine Geheimwissenschaft für einige von uns. Oder, wie vor kurzem wieder am schwarzen Brett der Schule zu lesen war: »Tausche schwer verständliches Buch über Empfängnisverhütung gegen Kinderwagen.«

Volljährigkeit

Was macht es eigentlich für einen Unterschied, ob man nun siebzehn Jahre und elf Monate alt ist oder frische achtzehn? Na, da fragen Sie doch mal auf dem Wahlamt, in der Kneipe oder im Bordell nach.

Wie geil wäre es *jetzt*, volljährig zu sein? Jetzt, genau in diesem Moment. Ich bin leider erst siebzehn und sitze gerade hier in meinem Zimmer herum. Ich schreibe an einem Buch. Wenn man's genau nimmt, fällt das unter Kinderarbeit, vielleicht könnte ich meinen Verlag sogar verklagen, wenn die nicht noch ein bisschen Honorar drauflegen? (Andererseits – was will ich mit mehr als *einem* Porsche?) Offiziell bin ich noch ein Kind, maximal halbwüchsig. Ich bin minderjährig, was nicht nur zufällig so klingt wie minderbemittelt. Ehrlich, ich kann es kaum erwarten, endlich offiziell erwachsen zu werden.

Ich sehe es schon vor mir: Am Tag meines achtzehnten Geburtstags lasse ich die Puppen tanzen, den Wodka fließen, den Papst im Kettenhemd tanzen. NOT.

Noch mal von vorn: Mein achtzehnter Geburtstag wird auf einen Schultag fallen. Reinfeiern ist da schon mal nicht drin.

Aber ich weiß jetzt schon, dass ich nach der Schule auf jeden Fall zu Lidl gehe, ne Pulle Wodka aufs Band lege und so gespielt verlegen an meinem T-Shirt nestle. Ich freue mich schon drauf, wenn der spackige Typ an der Kasse mich grinsend nach meinem Ausweis fragt. Bisher hatte ich ihn immer *vergessen*. Das war schade, nicht ein einziges Mal hat mich dieser Kerl meine Einkäufe erledigen lassen. Diesmal werde ich genau wie immer so tun, als suchte ich meinen Ausweis, und gerade, wenn der Spacken mich wieder mal innerlich jubilierend anblaffen will, dann *finde* ich ihn, meinen Ausweis. Und dann wird mich der Depp im Kittel nicht nur mit meinem Wodka abziehen lassen müssen, nein: Er muss mir auch zum Geburtstag gratulieren. Das sind so die kleinen Triumphe im Leben.

Danach geht's erst richtig los. Ab in den Puff, ab ins Casino, eine Packung Kippen kaufen, Lotto spielen. Nicht, dass ich große Lust auf Mietschlampen, Daddelautomaten oder Nikotinvergiftung hätte. Aber ich bin jetzt achtzehn – da werde ich doch wohl aus Prinzip die Segnungen der Volljährigkeit genießen. Allein schon, weil ich's jetzt darf.

Das Leben wird doch viel geiler, wenn man erstmal nach Mitternacht vor der Türe aufgegriffen werden darf. Wenn andere vom Feiern nach Hause fahren, trinke ich den ersten Schluck Alkohol. Während ich noch vor dem Saufen einen Döner in mich reinquetsche, würgen ihn die anderen schon wieder aus. Wenn andere aufstehen, geht's für mich erst ins Bett. Früher war mein erster Satz »Guten Morgen, Mama«, demnächst aber wird mir ein fluffiges »Gute Nacht, äh, wie heißt du noch mal?« über die Lippen kommen. Und, ganz wichtig: Ich muss nie mehr am Eingang einer Bar oder im Kino lügen, ich hätte meinen Ausweis *vergessen*, sei aber wirklich schon achtzehn! Stattdessen bin ich blöderweise gezwungen, die Wahrheit zu sagen: »Ich habe meinen Ausweis vergessen, aber ich bin schon achtzehn!« Eins wird sich nämlich nicht verändern, auch wenn ich meinen achtzehnten Geburtstag schon gefeiert habe: Es wird an der Tür der Bar und im Kino keinen interessieren. Das Leben könnte doch so schön sein. Man muss ihm nur eine faire Chance geben.

Vomieren

Liebe Eltern, aus gegebenem Anlass hier eine wichtige Information: Wenn Ihre Kinder am Wochenende kotzend nach Hause kommen, liegt das nur selten daran, dass sie etwas Falsches gegessen haben.

Es kommt vor, dass meine Freunde Ulf, Max und ich am Wochenende amüsante Geschichten erleben. Meistens spielen darin Rotkäppchen und Fürst Pückler die Hauptrollen, neulich aber waren sogar noch zwei sogenannte MILFs beteiligt. Wir besuchen ja hin und wieder die Clubs unserer Heimatstadt. Immer dann nämlich, wenn der unwahrscheinliche Fall eintritt, dass wir Geld und unsere Eltern nichts dagegen haben. Vor so einem Clubbesuch sind eine Menge Dinge zu beachten. Die Wahl der Garderobe ist wichtig, einmal waschen untenrum für den unwahrscheinlichsten aller Fälle und dann natürlich noch die Frage: Was essen wir vorher? Das ist keine Sache, die man vernachlässigen darf, wie wir aus Erfahrung wissen: Besser, man investiert ein paar Euro mehr in die Lieblingspizza beim Italiener, statt nur auf ein billiges Stück Wurstpelle von Aldi zu vertrauen. In unserem Alter ist es schließlich sehr wahrscheinlich, dass wir die Pizza im Verlauf des Abends in nur leicht veränderter Konsistenz noch einmal wiedersehen. Also auf keinen Fall an den falschen Stellen sparen!

Falls Sie an dieser Stelle ungläubig mit dem Kopf schütteln und nicht wahrhaben wollen, dass der gemeine Jugendliche von heute sich seine feste Nahrung am Wochenende zweimal durch den Kopf gehen lässt, muss ich widersprechen. Warum sonst gibt es wohl so viele Synonyme für diesen unschönen Notausgang der Natur?

Aufstoßen, erbrechen, vomieren, göbeln, reihern, kotzen, übergeben, speien, spucken, auswürgen, Brocken lachen, rückwärts frühstücken, kübeln – und das sind nicht mal alle. Da hat sich jemand eine Menge Mühe gegeben, dass wir die Erzählungen unserer Wochenenden wenigstens sprachlich ein wenig abwechslungsreicher gestalten können.

Am letzten Freitag war es Max, der sich in Sachen Kleiner Feigling ein wenig übernommen hat. Eben tanzt er noch übermütig zu seinem eigenen Gebrüll auf der Theke (»Ich hab 'ne Zwiebel auffm Kopf, ich bin ein Döner!«), schon hockt er Minuten später auf den Stufen unserer Lieblingskaschemme namens 38° und quetscht seinen Mageninhalt ein zweites Mal durch die Zähne. Um ihn herum ein Dutzend Jugendliche, die das Spektakel aus sicherer Distanz zur Kenntnis nehmen. Ein paar von ihnen gucken Max angewidert an. Das sind die Seltersritzen, die ihren ersten Rausch für die Hochzeitsnacht planen und dann vermutlich merken, dass sie nicht nur die Sache mit dem Alkohol besser mal vorher geprobt hätten. Der Rest der Versammlung reagiert deutlich entspannter: Zwei Jungs drehen sogar ein Video mit ihrer Handykamera. Vielleicht wird Max ja ein Star auf YouTube, das freut seinen späteren Arbeitgeber ganz bestimmt. Einer ruft anerkennend: »Respekt, Alter!« Max nickt dankbar. Man sollte langsam überlegen, ob man Kotzen nicht zur Disziplin bei den Bundesjugendspielen macht, da würden einige von uns endlich mal zu einer Urkunde kommen.

Max hat offenbar gut und reichlich gegessen, ich bin beeindruckt, wie lange sein Göbelstrom anhält. Wir werden ihn ab jetzt wohl den »Würger von Mönchengladbach« nennen müssen. Während er kontinuierlich in die Rabatten vomiert, naht aus einiger Entfernung der Feind: Zwei etwa vierzigjährige Frauen beim luftigen Small Talk. Ist schon wieder eine Ü40-Reste-ficken-Party in einer dieser schlimmen Kneipen mit Kegelbahn und Festsaal? Dem Alter nach sind die beiden krass Müttermaterial. Ihre Ausstattung aber erinnert eher an den Beate-Uhse-Katalog: die eine im Spandexpulli und enger Jeans, die andere gestylt im Lederrock, schwarzer Leggins und einem glitzernden Top mit Ausschnitt bis zu den Knien. Verdammt, sind die Damen heiß. Während sie näherkommen, befürchte ich schon das Schlimmste. Was werden sie von orientierungslosen Jugendlichen halten, die schon in jungen Jahren den Geißeln des Alkohols verfallen sind? Die Bölk-Geräusche von Max verlieren unterdessen nichts von ihrer intensiven Widerwärtigkeit.

»Guck mal da, Vivien, der Junge auf der Treppe«, sagt die Braunhaarige im engen Pulli und setzt ein empörtes Gesicht auf. Doch ihre Freundin hat offenbar schon mal von der Unschuldsvermutung bis zum Beweis des Gegenteils gehört und widerspricht ihrer Freundin: »Oh, der hat bestimmt was Falsches gegessen, der Arme.«

Vivien wäre vor zwanzig Jahren genau mein Typ Frau gewesen: blond, gut bestückt, geiler Hintern, zeigefreudig und ... ähm ... ein bisschen naiv. Um nicht zu sagen strohdoof. (Okay, sie wäre auch *heute* noch mein Typ. Eine MILF der besseren Sorte, und seit AMERICAN PIE weiß ich ja auch, dass solche Phantasien nicht völlig aussichtslos sind.)

»Vielleicht ist es ja auch diese Bulimie, von der man in letzter Zeit immer so viel hört«, entwickelt jetzt auch die braunhaarige Schönheit eine eigene Theorie. Klar, das klingt einleuchtend. Gerade bei Max, der aussieht, als habe er den einen oder anderen Knödel zu viel gefuttert.

»Machen Sie sich keine Sorgen, ihm geht's gut«, versuche ich die Situation zu entschärfen. Am Ende kommen die alten Damen noch auf komische Gedanken und alarmieren die Rettung. (Alt ist natürlich relativ, aber zwischen rund zwölf pubertierenden Jugendlichen fallen zwei Vierzigjährige schon stark aus dem Rahmen.) Leider kommentiert Max meine Bemerkung mit einem neuen Schwall bröckeliger Ex-Pasta, ich vermute, wir reden hier über Tortellini alla Panna.

Vivien lässt nicht locker.

»Das sieht aber gar nicht so aus! Geht's dir gut, mein Junge?«, fragt sie mütterlich, lehnt sich schützend über meinen Freund und nimmt ihn in den Arm. Aus der Entfernung muss das aussehen wie eine Aufforderung zum Lambada. Wenn man's nicht besser wüsste, könnte man Vivien wegen sexueller Nötigung von Minderjährigen drankriegen. Ich bin ein bisschen eifersüchtig. Wieso werde ICH nicht mal von einer richtigen Frau mit Brüsten so groß wie ausgereifte Orangen in den Schwitzkasten genommen? Bei Max ist das ohnehin eine Verschwendung allererster Güte, der erinnert sich doch morgen an nichts mehr und fragt sich höchstens, warum seine Schuhe riechen und so ein merkwürdiges Muster aufweisen.

»Mir ist auch schon ganz schwindlig!«, lüge ich die Braunhaarige an. »Ich glaub, ich muss auch gleich reihern.«

Angeekelt wendet sie sich ab. Na ja, ich hab's immerhin versucht.

Vivien hat Max inzwischen wieder losgelassen. Ich habe den Eindruck, so ganz scheint Max damit nicht einverstanden zu sein.

»Vielleicht sollten wir seine Eltern verständigen«, erkundigt sie sich besorgt bei mir.

Ja genau, das würde ihm bestimmt gefallen: Hundert Jahre Hausarrest und mit etwas Glück auch noch die Wiedereinführung der Prügelstrafe in seinem Kinderzimmer. Wirklich eine prima Idee!

»Ach nein, das ist nicht nötig«, antworte ich schnell,

bemüht, Max' Leben zu retten, so wie er es kennt: »Seine Eltern sind auf Mallorca, das würde sowieso nichts bringen.«

Mallorca geht eigentlich immer in Mönchengladbach, normalerweise aalen sich ganzjährig rund 10% unserer Gesamtbevölkerung in direkter Umgebung des Ballermanns. Vivien schaut noch etwas zweifelnd. Doch offenbar hat endlich auch Max jetzt den Ernst der Lage überrissen. Er verlässt seine löffelige Hockstellung zum ersten Mal seit fünfzehn Minuten, wendet sich an Vivien und bestätigt mit leidender, aber fester Stimme: »Mir geht es schon wieder viel besser!«

Und dann tut mein Mitschüler Max Weber, gerade siebzehn und meines Wissens bislang noch ungevögelt, etwas, für das er von uns auch heute noch beneidet und bewundert wird: Er schnappt sich die baff erstaunte Vivien, nimmt sie in den Arm und sagt: »Vielen Dank für Ihr Mitgefühl, das bedeutet mir sehr viel!« Zwischen »Mitgefühl« und »viel« legt Max seine Hand an Viviens Hintern und tätschelt darauf herum wie Bauer Harms auf seiner leistungsfähigsten Milchkuh. Das ist ganz großes Tennis. Bevor Vivien überhaupt gemerkt hat, was da gerade passiert ist, hat Max längst wieder den gebührenden Sicherheitsabstand eingenommen und lächelt seine Retterin dankbar an. Vivien ist zuerst noch ein bisschen unsicher, doch dann dreht sie sich zu ihrer Freundin um und nickt ihr zu. Das Kommando zum Ortswechsel.

»Dann wünsche ich noch gute Besserung«, sagt

sie, und schon sind die Damen verschwunden. Wir schweigen grinsend einen Moment, um Max' spontanen Stunt gebührend zu würdigen.

»Alter, Mann!«, sagt Ulf schließlich. Richtig, jedes weitere Wort ist unter uns Männern überflüssig. Ich mache mir unterdessen noch schnell eine Mentalnotiz: »Sauf demnächst auch mehr, Fabian, bis du kotzen musst. Das verbessert deine Flirtchancen!«

Frauen. Immer wieder für eine Überraschung gut.

Wartezimmer

Ich hasse es, zum Arzt zu gehen. Nicht nur, weil es zwangsläufig bedeutet, dass mich eine Verletzung oder Krankheit plagt. Es liegt auch ein wenig an der unschönen Aura eines Wartezimmers.

Obwohl ich einen festen Termin habe, muss ich *immer* warten. Egal, ob beim Zahnarzt oder beim Orthopäden, ich komme nie auch nur im Toleranzbereich der vereinbarten Zeit dran. Immer wird ein Muttchen mit Bandscheibenvorfall oder ein Schreiner mit Gliedmaßenverlust vorgelassen. Ich habe den Eindruck, dass Ärzte die gesundheitlichen Probleme von Halbwüchsigen gar nicht ernst nehmen. Meistens sitze ich im Wartezimmer ausgerechnet neben einer sich unablässig kratzenden Person mit einer nässenden Hautkrankheit, von der ich nicht hoffe, dass sie ansteckend ist, oder einem Tuberkuloseverdächtigen, der festere Bröckchen aushustet, als in einem durchschnittlichen englischen Frühstück serviert werden. Ich kriege Spontan-Plaque beim Doktor, jedes Mal – und dabei versuche ich schon, alle Menschen um mich herum auszublenden.

Meistens nehme ich mir dazu ein Heft aus dem Lesezirkel, der anscheinend ausschließlich für Arztpraxen erfunden worden ist. Eine seltsame Sache, dieser Lesezirkel: Er hat eine völlig überflüssige schwarze Hülle, auf der die identischen Informationen stehen wie auf dem ursprünglichen Cover der Zeitung. Okay, das Bild fehlt. In der Hoffnung, die siechen Menschen um mich herum zu verdrängen, stürze ich mich auf die Zeitung. Meistens habe ich Pech, und es gibt keinen *Playboy*. Vermutlich darf der in Arztpraxen gar nicht ausliegen, wegen des Blutdrucks. Stattdessen Promimagazine. Hefte, die sich mit den Berühmtheiten beschäftigen, die dieser Planet zu bieten hat. Details, die die Welt im Prinzip nicht braucht. Selbst über das Privatleben von C-Schauspielern mit einer einzigen Rolle in einer Gerichtssendung von RTL wird in einem solchen Heft ausschweifend berichtet.

Besonders oft geht es aber um die Queen. Mal ehrlich, Leute – sieht die Frau nicht irgendwie aus wie Angela Merkels Großtante? So Trudchen-Essig-mäßig, ohne jede Lebensfreude? Aber sie hat offenbar eine Menge Fans. Sonst gäbe es wohl kaum all diese Geschichten über sie und das Königshaus. Über ihre Pferde, Männer, Freundinnen, Sektempfänge, Soldaten, Wohltätigkeiten, Behausungen, Hobbys, Kinder, Affären, Intrigen, Kontostände, Poloturniere, Friseurbesuche, Beziehungen, Mitarbeiter, Gärtner, Gärtnerinnen, Spendenaktionen ... Wer will das denn alles wissen? (Außer meiner Mutter!) Mich interessiert die Queen kein Stück. Ich will nicht wissen, wie sie ihre Fußnägel schneidet oder wo sie ihre albernen Hütchen kauft. Man verschone mich.

Also blättere ich zwanzig Seiten weiter und sehe

ein bereits gelöstes Kreuzworträtsel. Dies sagt einiges über denjenigen aus, der vor mir versucht hat, es zu lösen. Pisa, hier kommt dein Problem! »Lateinisch: wo (drei Buchstaben)«. Antwort: »Rom«! Das hat da wirklich jemand hingerotzt. Ist Lothar Matthäus auch Patient bei meinem Arzt? Oder nein, das könnte natürlich auch Bushido gewesen sein.

Nach sieben Minuten bin ich durch mit dem Heft. Maximal. Ich werde jetzt ein wenig munterer und beobachte die anderen Leute im Zimmer. Wem geht's wohl am dreckigsten?, lautet meine neugierige Frage. Ich denke sie mir natürlich nur, man will es sich ja mit den Todgeweihten nicht verderben.

Genau mir gegenüber sitzt so ein dicker Herr, der schwer atmet. Ich kann nicht erkennen, ob er gerade döst, schläft oder stirbt. Links von mir sitzt ein kleines Mädchen, das ihrer Oma ein Kinderbuch nacherzählt. In Kindergartenlautstärke. Nein, das nervt kaum. Alle anderen zupfen nur an sich rum und reißen sich Hautfetzen an den Fingernagelrändern des Daumens ab. Eigentlich müsste der gesamte Raum voll von diesen Hautschnipseln sein, aber jetzt rutscht das kleine Mädchen mehrmals über den Boden, bis ganz sicher alle Hautreste an ihrem Kleid hängengeblieben sind. Lecker.

Währenddessen humpelt ein Junge durch das Wartezimmer. Ich bemerke, wie ihm alle Augen folgen. Peinlich, peinlich, wenn man bedenkt, dass sich wahrscheinlich alle im Raum gerade fragen, wie es wohl aussehen mag, wenn dieser Junge stolpert und mit dem Kopf auf den Boden prallt. Doch er tut uns den Gefallen nicht – er will einfach nicht hinfallen. Er humpelt stark, aber er fällt nicht: sehr schlechtes Sozialverhalten, wie ich finde.

Also schaue ich mich wieder im Raum um und bemerke, dass alle anderen Viren- und Bakterienträger hier bessere Magazine in der Hand halten. Sie sind sogar halbwegs aktuell – für die Maßstäbe des Lesezirkels. Und obwohl ich eben noch gehofft habe, der Nächste zu sein, wünsche ich mir nun vom tiefsten Herzen, dass die blondgelockte Frau als Nächste an die Reihe kommt, damit ich mir ganz schnell ihr Heft schnappen kann. Tatsächlich. »Frau Radschuweit-Glöckenjan bitte!«

Der alberne Doppelname hat seinen zackigen Hintern gerade ein paar Zentimeter erhoben, da stürze ich mich schon auf ihren Platz und greife voller Hoffnung nach dem Magazin. Ich nicke den anderen triumphierend zu: Das hier, meine Freunde und Kupferstecher, das hat sich der Fabian erkämpft. Dann schlage ich das Heft auf und sehe: die Queen.

Doch endlich kommt die Erlösung. Ich fühle mich, als hätte ich Stunden, Tage, Jahre auf diesen Moment gewartet. Ich bin noch ganz benommen von so viel englischer Monarchie. Mein Name ertönt sehr verzerrt und falsch ausgesprochen.

»Fabian Hiehntzen?«

Endlich. Ich rücke zur Sprechstundenhilfe vor, die von irgendwas genervt scheint, ich hoffe nicht von mir:

»Zimmer vier!«, spricht sie und guckt überarbeitet. (Das ist zwar nur ein lächerliches Synonym für alt und müde, aber der Begriff *überarbeitet* ist ihr sicher lieber. Ich kenne die Frauen!)

Ich verschwinde in Zimmer vier und setze mich auf die grüne Liege. Wann wird der Arzt wohl kommen? Gute Frage. Ich warte. Und warte. Und warte. Außerdem warte ich. Und ich schaue mich um. Wieso hängt in jedem Arztzimmer ein Plakat mit verkrüppelten Füßen drauf? Klumpfüße, Plattfüße, Stumpffüße – ich will es gar nicht so genau wissen.

Also schaue ich mich weiter um. Der Computer gegenüber ist angeschaltet. Windows 98. Oh mein Gott, ich vertraue Leuten mein Leben an, die auf dem technischen Standard von Windows 98 herumdoktern. Ich meine: Windows 98, wie lange ist das denn her? Hoffentlich hat der alte Zausel, mein Arzt, seitdem mal wieder eine Fortbildung gemacht …

»Guten Tag!«, reißt mich der Westentaschen-Albert-Schweitzer aus meinen Gedanken.

»Hallo«, nuschele ich und gebe dem grauhaarigen Mann gegenüber die Hand.

»Wo drückt denn der Schuh?«

»An meinem Arm.«

»Du hast einen Schuh am Arm? Haha, kleiner Scherz.«

Und was für einer. So klein, dass man ihn nur unter dem Mikroskop sehen kann. Wieso müssen Ärzte immer versuchen, lustig zu sein? Gerade Menschen, die mit Krankheiten und dem Leid anderer ihr Geld verdienen, sollten doch einfühlsam sein. Ich als Komiker versuche bei meinen Auftritten schließlich auch nicht zu heulen.

»Das sieht aber ganz schön schlimm aus.«

»Geht. Das sind eigentlich nur zwei Kratzer.«

»Bitte?«, fragt er und versucht mir klarzumachen, dass er mich nicht verstanden hatte, indem er sein Ohr mit seiner Hand nach vorne klappt und dabei äußerst dämlich grinst.

»Das sind nur zwei Kratzer!«, wiederhole ich lauter.

»Ja, das stimmt. Das war nur ein Scherz.«

»Ach so.«

Der Arzt, auf dessen Namensschild »Dr. med. Schirmer« steht, schiebt seine Augenbrauen zusammen und hebt den Kopf leicht an. Versteht mich nicht, der Mann.

»Ich habe ›Ach so‹ gesagt.«

»Ach so«, meint dann auch Dr. med. Schirmer, dreht sich weg, öffnet seinen Kugelschreiber, dreht sich wieder zu mir und lacht, als wäre sein »Ach so« an dieser Stelle lustig gewesen. Ich nicke einfach und lächele auch dabei, damit ich nicht unhöflich wirke. Immerhin muss mir Dr. med. Schirmer noch ein Schulattest ausschreiben. Er schaut mich an und fragt:

»Wie kam es denn zu dieser Verletzung?«

Dabei neigt er seinen Kopf nach unten und schaut über seine Lesebrille, als würde er ahnen, dass ich jetzt gleich lügen muss. Ich bin nämlich eigentlich ohne Führerschein mit Dietrichs Moped gefahren. Also, es ist mit *mir* gefahren, und als es keine Lust mehr hatte, warf es mich ab. Aber das geht ja keinen etwas an.

»Bas...ketballspielen«, stottere ich leicht.

»Soso!« Er lässt eine lange Pause. »Basketballspielen also.«

»Ja genau, ich bin dabei hingefallen.«

»Hm?«

So, jetzt reicht's. Hör doch einfach zu, wenn du was wissen willst!

»Ich bin hingefallen!«, wiederhole ich noch einmal lauter – sehr viel lauter.

»Gut, Fabian, ich mache dir jetzt einen Verband um deinen Arm, und dann wird das mit dieser tragischen Verletzung schon wieder, ja?«

Was macht sich dieser Weißkittel denn über mich lustig? Und was ist mit dem Attest? Bitte frag mich, ob ich ein Attest brauche. Komm schon, alter Mann, frag!

»Brauchst du ein Attest für die Schule?«

Yes! Innerlich balle ich die Beckerfaust, aber warum spiele ich im Internet wohl Karten: Ich kann ein Pokerface aufsetzen, wenn eines gefragt ist.

»Öh ... Puh ... Ja, ich glaube schon.« An der Rezeption wird es mir ausgehändigt. Ich bin bis zum Ende der Woche krankgeschrieben. Fünf lausige Tage. Hat dieser Typ noch nie vom Burnout gehört?

Werbung

Werbung, Werbung, Werbung. Ich bin umzingelt von Reklame. Ich weiß nicht, wie es Ihnen geht, aber mir geht das tierisch auf den Sack.

Angeblich war das früher auch anders und viel, viel besser. ARD, ZDF und das dritte Programm, das war's. Kein DSCHUNGELCAMP weit und breit und auch kein DEUTSCHLAND SUCHT DEN SUPERSTAR. Dafür gab es DALLI DALLI, eine Spielshow, die EINER WIRD GEWINNEN hieß, und einen richtigen Professor namens Grzimek oder so, der sich possierliche Tierchen vor die Kamera holte. Hmmh. Da muss ich jetzt mal scharf nachdenken, ob das wirklich die gute alte Zeit war, von der man immer hört, oder einfach nur furzlangweilig. Ich lasse das mal offen. In einer Hinsicht aber haben meine Eltern sicher recht:

»Also überall diese Reklame! Furchtbar!« Okay, da stimme ich zu: Im deutschen Fernsehen sieht man nur noch Werbung. Unterbrochen von Werbung mit kleinen Inseln des eigentlichen Fernsehprogramms. Die besten Filme laufen auf den Privatsendern, aber damit RTL, Sat.1 oder ProSieben überhaupt die Rechte für diese Filme einkaufen können, müssen sie viel Werbezeit drum herum verkaufen. Verdammt viel Werbezeit. Auf einen neunzig Minuten langen Film werden zu Höchstzeiten noch mal gefühlte zwei Stunden Werbung geballert. Und immer an den dramaturgisch ungünstigsten Stellen: Gleich legt Godzilla eine ganze Stadt in Schutt und Asche, aber knapp vorher müssen wir uns noch die Rügenwalder Leberwurst anbieten lassen. Wir erfahren, dass es einen neuen, noch besseren (!) Škoda zu kaufen gibt und sollen drüber nachdenken, ob ständiger Harndrang wirklich sein muss. *Muss nicht*, würde ich sagen, ist aber fast unvermeidlich, wenn man sich diesen Propagandakäse im deutschen Fernsehen ständig reinzieht. Denken wir das mal zu Ende: Selbst auf der eigenen Toilette ist man ja inzwischen nicht mehr vor den PR-Attacken werbewilliger Unternehmen sicher. Es gibt jetzt schon Klopapier mit einer aufgedruckten *Produktinformation*. Wie krank ist das denn? Ich warte echt darauf, dass demnächst erst Milky-Way-Werbung kommt, bevor ich nach dem Kacken auf dem Klo spülen darf. (Oder eine Stimme aus dem Spülkasten ertönt: »Diesen Dung präsentierte Ihnen Duplo – die wahrscheinlich längste Praline der Welt!«)

Nachts ist es besonders schlimm. Auf jedem dritten Sender werben schwerstens bestückte Frauen um ein wenig Aufmerksamkeit. Anrufen soll man sie. Dafür stöhnen sie in die Kamera, als würde man ihnen gerade ein Nudelholz ins Gesäß schieben, gotterbärmlich klingt das. Da habe ich mir gerade noch ein bisschen Wrestling auf Sport1 angeschaut, Rumms!, werden auch schon übergangslos diese Clips eingeblendet. Und damit so Trottel wie ich sie besser verstehen, wird auch gleich der Lautstärkeregler nach oben gezogen. Die TV-Macher denken wohl alle, nur laute, wirklich *sehr laute* Werbung würde funktionieren. Vermutlich machen die ihre Marktforschung im Altenheim. Mit dem Resultat, dass es plötzlich aus meinem Zimmer klingt, als wäre die Unterstufe der Rütli-Schule zum Rudelbums zu Besuch. Was soll denn meine Mutter denken, wenn sie dieses laute Stöhnen aus meinem Zimmer hört? Die denkt doch bestimmt, ich hänge wieder mit Taschentüchern vor dem Laptop und mache mir einen schönen YouPorn-Abend.

Natürlich zappe ich nicht immer gleich weg, wenn diese ganzen Bräute mit ihren großen Brüsten mich um Mitternacht auffordern, ihre Hotline mit fünfzig Euro die Minute zu unterstützen. Okay, ich muss zugeben: Einmal habe ich dort angerufen. Da war ich noch jünger. Ich wollte die echt derb verarschen und habe eine Pizza Funghi bestellt – nur um zu sehen, was passiert. Aber die Else am anderen Ende der Leitung hat das echt nicht gerafft. Ich musste der in allen Einzelheiten erklären, was auf so eine Funghi alles draufkommt, und als sie das dann endlich kapiert hatte, war die gar nicht mehr zu bremsen. Margherita, Tonno, Quattro Stagione – die wollte *alles* über Pizza wissen. Nach vier Stunden habe ich aufgegeben, die Frau war ein hoffnungsloser Fall. (Es hat den Anwalt meiner Eltern dann ein paar Tage Arbeit und Nerven gekostet nachzuweisen, dass ich als Minderjähriger gar nicht befugt war, eine Dienstleistung im Wert von anderthalbtausend Euro zu bestellen. Und mich den Zugang zum Haustelefon.) Ich hab's übrigens auf die Werbung geschoben und behauptet, ich hätte nicht verstanden, was die Frauen eigentlich verkaufen wollten. Manchmal ist es eine Gnade, noch nicht volljährig zu sein.

Ich schätze, das gilt auch für ein Internetangebot namens Erlebnis18.de, das ich als Jugendlicher noch nicht wahrnehmen darf. Erlebnis18.de ist ein Treffpunkt im WWW für Menschen, die in einer Partnerschaft leben, aber gleichzeitig auf der Suche nach einem erotischen Abenteuer sind. Häh? So was können sich auch nur Erwachsene ausdenken. Wie wär's mal mit einem Abenteuer im eigenen Schlafzimmer? Ist das nicht der Sinn einer Heirat (oder einer eheähnlichen Verbindung)? Habe ich da wieder was verpasst?

Okay, Beziehungen und sexuelle Bedürfnisse können sich im Lauf der Zeit verändern, davon habe ich schon gehört. (Auch wenn meine sexuellen Bedürfnisse sich momentan eher noch darin erschöpfen, Sex zu haben: egal wie!) Trotzdem, ich kann mir vorstellen, dass erotische Abenteuer auch im fortgeschrittenen Alter außerhalb des eigenen Schlafzimmers gesucht werden. Dass man sich aber im Internet jetzt schon bei einem Ehebruchanbieter einloggen kann, der den Seitensprung praktischerweise gleich organisiert, ist eine fremde, seltsame Welt für mich und meine Freunde. Hey, es gibt noch einige unter uns, die jeden Sonntag in die Messe geschickt werden und sich von zölibatsvernebelten Kaplanen anhören müssen, dass man nicht das Weib seines Nächsten begehren soll. Dieselben Leute, die uns zu Hause abfragen, was der senile Pfaffe wieder gepredigt hat, führen dann unter dem Namen Stecher21 eine Schattenexistenz bei Erlebnis18.de. Und dabei heißt es doch immer, *die Jugend* habe ein gestörtes Verhältnis zur Sexualität ... In Wahrheit sind es eher Leute wie einer unserer Vertrauenslehrer an der Schule, die sich mal fragen sollten, wie verkorkst ihr Leben eigentlich ist und was sie bei Erlebnis18.de zu suchen haben. Als er neulich auf der Elternversammlung darauf angesprochen wurde (meine Eltern erhielten einen kleinen Tipp aus gut unterrichteter Quelle), hatte der gute Mann jedenfalls keine besonders glaubwürdige Entschuldigung parat: Er habe die Werbung in der Zeitung gelesen und sich gewundert, was hinter so einem merkwürdigen Angebot wohl steckt. Alles klar: *Die Werbung ist schuld!* Der arme Mann. Natürlich ist er damit nicht durchgekommen. Nicht bei seiner Frau und nicht bei seinem Arbeitgeber. Neuerdings schaut er sich in der Zeitung außer den Kontaktanzeigen auch wieder die Stellenanzeigen an – und den Immobilienmarkt.

Wichsen

Wir können doch über alles reden, sogar übers Masturbieren. Wir leben schließlich in einem freien Land. Das müssen sogar meine Eltern einsehen.

Ich war gerade am Wichsen. (Oder heißt es: Ich wichste gerade? Das können Sie entscheiden!) Also noch mal: Ich war gerade am Wichsen, als mein Vater mich lauthals wissen ließ, dass sein Kartoffelgratin fertig und zum Essen bereit war.

»Fabian! Essen!«

»Ich komme!«

Beziehungsweise tat ich genau *das* nicht, denn es blieb einfach keine Zeit, den Akt der Liebe zwischen mir und mir zu einem genussvollen Ende zu führen. Wenn mein Vater gekocht hat, lässt man ihn am besten nicht allzu lange warten. Die Alternative heißt, laut angemotzt und von der Prügelstrafe ins Mittelalter der Erziehungskunst zurückgebeamt zu werden. Also saß ich da – mit runtergelassenen Boxershorts vor dem Laptop, auf dessen Monitor sich gerade nackte Frauen in HD-Qualität räkelten und merkwürdige Gurrlaute ausstießen. Mann, immer wenn es ein bisschen privat wurde ... Ich zog mich rasch an, was sich einfacher liest als anfühlt: Da war was. Im Weg. Einem temporär extrem großen Teil meines Körpers war irgendwie noch nicht nach Mittagessen. Keine Chance, Hose und Gürtel schmerzfrei hoch- und anzuziehen. Oder anders gesagt: Ich stand mit einer mächtigen Latte vor dem Problem, ebenjene unter den Essenstisch meiner Eltern zu bugsieren, ohne dass meine Erzeuger ohnmächtig vom Stuhl kippten. Mir war schon klar, dass ich meinen Erziehungsberechtigten nicht mit Transparenz kommen konnte. Von wegen »Wir können über alles reden, Fabian!«. Ich würde mir mal gern die elterliche Kieferstarre ansehen, wenn ich mich mit den Worten »Sorry, Mum und Dad, hab mir grad nur einen abgepellt. Das geht gleich wieder weg!« an den Mittagstisch hocken würde. Da wäre es dann vorbei mit der großmütigen Toleranz, die in unserem Haushalt immer so gern beschworen wird.

Aber was gibt's in einer solchen Situation für Optionen? »Ich hab mir mal eine Taschenlampe in die Jeans gesteckt, damit *er* in Ruhe in der *BRAVO* lesen kann«? Wohl kaum. Es blieb also nur eine Möglichkeit, um schnell und ohne Beule in der Hose in der Küche auftauchen zu können: hochklemmen. Ich bin eigentlich nicht so der Klemmi, vor allem, wenn man drüber nachdenkt, was es da zwischen Reißverschluss und Penisspitze für Verwicklungen geben kann. Aber in diesem Fall blieb mir einfach keine Wahl. Zum Glück hatte ich das schon geübt. Bei Karolina nämlich, letzten Freitag. Wir hatten ein wenig aneinander herumgespielt, als ich nach einem zufälligen Blick auf die Uhr daran erinnert wurde, dass ich besser in drei Minuten meinen Bus bekommen sollte, falls ich keinen häuslichen Ärger riskieren wollte. Auch an diesem Tag blieb wenig Zeit für eine sachgerechte Entständerung, wenn ich das mal so nennen darf. Seitdem weiß ich, dass Hochklemmen nicht nur beim Pferdeschwanz eine praktische Methode sein kann. Leider ist der gemeine Klemmgriff – zumal der unter Zeitnot – eine tückische Sache. Man glaubt, man habe die einäugige Schlange schön blickdicht vor den Augen der Öffentlichkeit versteckt, da wühlt sich das freiheitsliebende Ding doch auch schon wieder einen Weg ans Licht. In diesem Fall dem der Neonleuchte über unserem Küchentisch. Mein Vater sah es als Erster, dann folgte auch meine Mutter seinem entsetzten Blick. Das war ein wenig peinlich, wie Sie sich sicher vorstellen können, aber zum Glück bin ich ja nicht auf den Mund gefallen.

»Das ist nur der Anfang!«, teilte ich meinen verblüfften Eltern mit. »Wartet mal ab, wenn erst der Nachtisch serviert wird!«

YouPorn

Meine Startseite heißt YouPorn. Und ich möchte betonen: Das ist auch gut so.

YouPorn hat täglich zweiundachtzig Millionen Klicks, was bedeutet, dass zweiundachtzig Millionen Frauen Tag für Tag unter Migräne leiden. Schon auf der Startseite trennen sich einige Wege. *Enter* oder *Leave* heißen die Optionen. Jetzt heißt es, klug auszuwählen. Ich oute mich hiermit offiziell: Ich habe YouPorn gehackt und bin trotz Minderjährigkeit kackendreist auf *Enter* gegangen. Schon fand ich mich auf einer Pornoseite mit vielen versauten Lehrerinnen, Krankenschwestern und Bürofachkräften wieder. Ich habe tatsächlich die YouPorn-Sperre überwunden! (Nur zu Recherchezwecken, möchte ich an dieser Stelle mal betonen.) Doch trotzdem finde ich, dass ich ein dickes Lob verdient habe.

Falls Sie es mal ausprobiert haben, was passiert, wenn man auf *Leave* klickt, wissen Sie sicher, dass der User sofort auf Wikipedia weitergeleitet wird. *Enter* führt also zu Pornos, *Leave* zu einer freien Enzyklopädie. Sex und Bildung so nah beieinander. Gibt es ja sonst nur in Klosterschulen.

Und falls mich irgendwer von euch erwachsenen Bedenkenträgern jetzt zur Rede stellen will, weil ich mir solche Filmchen anschaue, dann rufe ich mir einen Literaturhistoriker und Philosophen zur Hilfe, einen Typen namens Ludwig Marcuse. Der ist zwar seit 1971 tot, war aber schon damals auf dem richtigen Dampfer: »Besser ein anregender Pornograph als ein mausetoter Klassiker«, hat er gesagt. Dem ist wenig hinzuzufügen. Außer: *www.youporn.com*. Damit Sie sich selber mal ein paar Bilder machen können. Viel Spaß.

Dankeschön

An dieser Stelle bedanken sich die Autoren der Bücher, die ich gelesen habe, immer bei einigen Leuten. (Ehrlich gesagt habe ich meistens überhaupt nur diese Stelle gelesen, da ich mir lieber gleich die Verfilmung ansehe. Dann habe ich wenigstens meine Hände frei, um Popcorn zu essen.) Anfangen möchte ich bei meiner geliebten Mutter, die mir allein durch ihre Art genügend Programm für einen zehnstündigen Solo-Stand-Up-Abend und noch mindestens fünf weitere Bücher liefern könnte.

Das gleiche gilt auch für meine Ex-Freundin Ashley, die mich bis jetzt noch nicht wegen Rufmords verklagt hat. Sie hat eben Stil. Vielen Dank dafür.

Und was wäre ein Buch, ohne aus dem Leben gegriffene Stories? Genau: reine Fiktion. Fantasy sozusagen. Da ich mir aber auch nicht vorstellen kann, geschminkt auf die Gamescom zu gehen und mich fünf Stunden anzustellen, um irgendeinen Ork spielen zu dürfen, der im Wald Hühner schlachtet, geht ein sehr großer Dank an meine Freunde, Freundinnen, gescheiterte Lieben und Partygastgeber. Sie haben zu diesem Buch eine Menge Stoff beigesteuert. (Wenn es danach geht, müsste ich eigentlich auch Herrn *Maximilian-Jost Wodka* und Frau *Margarethe-Wilma Tequila* danken.)

Abgesehen vom Inhalt ist ja auch die Form sehr entscheidend für ein Buch. Deswegen geht an dieser Stelle auch noch ein ernst gemeinter Dank raus: Danke Harald Braun, für deine riesige Hilfe beim Formulieren, bei der Einführung in Dramaturgie und dem restlichen Gedöns, das es braucht, um ein professionelles Buch zu schreiben.

Und wenn ich schon mal dabei bin, danke ich auch meinem Management Brainpool Artist and Content Services, das aus Ralph, Kathrin und Kai besteht, sowie meinem tollen Verlag, ohne den meine Gedankengänge bestimmt nur meinen Eltern und vielleicht noch meinem Hund zuteil geworden wären.